爱在流放地

〔埃及〕巴哈·塔希尔 著
向培科 译

华文出版社
SINO-CULTURE PRESS

الحب في المنفى

بهاء طاهر

目录

主要人物 / 001

第一章　记者会上邂逅 / 003
第二章　遥远的过去死了 / 017
第三章　今晚我要说话 / 037
第四章　一只脆弱的蝴蝶 / 053
第五章　你真美 / 069
第六章　鼓声中吟诗 / 087
第七章　迷人公园里的温馨之夜 / 113
第八章　让今天慢慢过去 / 125
第九章　这是爱的洞穴 / 149
第十章　全世界的孩子们 / 169
第十一章　屹立的山 / 185

主要人物

"我"——小说中的主人公,开罗某报社常驻欧洲某城市的记者。

麦娜——"我"的妻子,后离婚。

哈立德、哈纳蒂——"我"和麦娜的儿子和女儿。儿子在上大学,女儿在上初中。

纳赛尔——埃及"七二三革命"领导人,埃及前总统。

萨达特——纳赛尔总统的继承人,埃及前总统。

阿连德——智利前总统,"1973年军事政变"后被杀害。

穆勒尔——医生,当地"国际医生人权委员会"的发起人。

伯蕾吉蒂·希弗尔——小说中的女主角。"我"的情人,导游小姐。

彼德罗·伊巴尼兹——智利政变后的受害者之一。

易卜拉欣·艾勒·麦哈拉维——记者,"我"的旧友,后在贝鲁特某个抵抗运动组织机关报社工作。

夏蒂娅——易卜拉欣之妻,后离婚。

伯尔纳——记者,当地《前进报》主编。

优素福——从埃及逃亡出来的大学生,后在当地一家咖啡店打工,与咖啡店老板娘结婚。

哈米德·埃米尔——海湾某国王的小兄弟,在欧洲从事商业和政治活动。

第一章　记者会上邂逅

我爱上了她，无可奈何地爱上了她，迷上了她……

她年轻漂亮，而我已是一个老头，孩子的父亲，离了婚的人。原本，我脑子里没有爱的念头，也没有任何试图表达对她的痴迷的举动。

她后来对我说："你的双眼流露了那份爱。"

我是开罗市人，被迫离家出走，到了陌生的北方。在这个地方，她跟我一样，是个异乡的外国女人、一个欧洲人。按照她的旅行护照，整个欧洲就是她的家乡。当我为生计奔走在这个城市时，我们邂逅，成了朋友。

我滞留在这里是为了工作吗? 鬼话。其实，我在此无所事事。我不过是为开罗的一份日报写点儿稿子，可我写不写稿子对她无所谓，她在意的是我给不给她写信。

一天中午，在整天疲于奔命的人们的午餐间隙，我俩一起坐下来喝咖啡。她向我介绍自己，我也向她介绍我自己。我们从咖啡店的玻璃窗眺望远处蜿蜒的群山和鳄鱼尾巴似的河岸，彼此的沉默寡言使我们的心更贴近了。

我爱上她之后，变成了一个爱唠叨的人。我以话语为盾牌，使自己内心的真情不露声色。我空话连篇，没头没尾，却乐在其中，像是爱得疯狂，我不能自已。

也许——我至今也不明白——我当时是无意识地用话语编织了一个网，把她网在其中。她睁大漂亮的双眼盯着我，微笑着问道："你的话怎么那么多？我的职业就是说话，而你的话比我还多。"

但是，在那个中午，我太无能。话语的网子破碎了。结果是长时间的沉默无语。我眼望着远处的河流，她低着头，用手在托盘里转动喝光了的咖啡杯。我眼前是她浓密的秀发和挺直的鼻梁。我无话可说时，她会突然抬头看着我说："还有呢？说吧。"而我却无言以对。

在咖啡店外，我们朝停车的角落走去。我将开车把她送到她的办公楼前，然后离开她，装着去上班。

我们走到车子跟前时，她说："我想再走走，行吗？"

她在我身旁慢慢地走着，一反常态。没走几步她就站住了，语气坚定地说："听我说，我不想再见到你。请你原谅我，但愿我们没有这次的邂逅。我想，我已经爱上了你。我真的不希望这样。我在这个世界经历了太多太多的事，我真不希望是这样子的。"

我明白她的意思，沉默了一会儿说："随你的便。"随后我盯着她匆匆离我而去。

然而，这并不只是个开头。

开始时，事情并非如此。那时候，我常常参加记者招待会。我事先就知道，我无论写什么，开罗的报纸都不会发表的。即使能登出些东西，也会大加删改，变动段落次序，使读者不明白究竟是怎么回事。在去机场的路上，我就想，今天埃及飞机又会载着某位官员到本市来，也许会是某位部长。我若讨好主编，主编会把它发表在头版位置，部长也会对我满意……部长会宣布，"我国经济已经走出困境。我们将为更大更快地发展，研究同欧洲的合作……"汽车转上了机场路……主编对这突飞猛进的发展兴高采烈，每周都有追踪报道。多年以来，国家突飞猛进，不断地突破困境，主编又怎能不高兴呢？

汽车转上了机场路。我为什么在这个夏日美丽的早晨去参加这个倒霉的记者会呢？难道我真的是交好运的人吗？是麦娜常常说的那种人？我为什么会去机场呢？谁说某部长会来？谁说主编在等我的报道？我最好完全沉默不语。那时，我将谅解他那些烦人的道歉："主啊！报道晚了。"或者说，"我们刊印了报道，主编在最后'吃'掉了它！"或者说，"你知道吗？我在对外部调查了，根本没把报道转交给我。真的，我调查了……"如此，等等。我干吗去折腾主编还折磨我自己？反正每月的工薪不会不给，这是重要的。让我们尽情地享受美好的日子吧！

我把车开进了路边的高地，穿过一片丛林，面对机场。

我离开铺砌良好的大街，钻进了林间小道，待在浓荫下。丛林湿润、寂静，新的叶芽刚刚开始覆盖树枝，一片葱茏翠色，似乎是透明的。小树簇拥在土包之上，嫩芽在微风中轻轻地摇曳着。阳光从枝丫间隙穿过。金黄色的光束在青草上游动，忽而消散，忽而显现，光束照亮了遍地的野花，有黄的、有白的，它们装点着夏日的大地。当我们第一次在周末旅行中去保加利亚时，我曾为大地的斑斓景色陶醉，像为麦娜陶醉一样。在丛林中，麦娜问我："这些花不允许采摘吗？"我说："不会吧。"于是，她摘了一束花，色彩多样。我端详着她手中的花束，听她失望地说："这些花长在大地上是何等的美丽！"我发现她手中的花束果然已经没有了生气，枯萎了。花枝虽然还在黄色花朵的簇拥之中，但它显得瘦弱，已经蔫倒在她手的两边。我对她说："我觉得野花只能生长在野地里。"我抓过枯萎的花束，把它抛向远处。只有一朵最大的黄花留在她的手中，伴着绿叶。我把它插进麦娜的秀发中。我说："这下你就更美了。"真的，一朵黄花点缀在她乌黑的秀发中，她看起来的确很美、很美。我吻了她，我们都幸福地大笑起来。这是我们第一次避开人们的视线在丛林中散步。晚上，我们在旅馆里，我吻她就一定要付出代价了。在她脑子里的某个奇怪的角落里，她一直保持着一些鬼点子！当晚她半开玩笑地问我："你过去是否曾经追着我来到欧洲？"我顺着她的口气说："是呀，好多次了，来执行秘密的使命。你为什么问这个？"她说："阁下怎么能知道这些花只能生长在野地里？"我闭口不答。可是无济于事，她玩笑的语气变得严厉起来，她说："你为什么以这种方式同人们交往？"

"什么方式？"

"这种只对宾馆、食堂、商店工作人员和一般的人才用的方式。你是不是一个包工头？"

"麦娜，你是否知道我在埃及跟人们打交道的方式？"

她紧咬双唇，左右摇头，好像她经过深思熟虑之后会有新的判断。她说："不知道，但是在此地，我知道……"

我想回答她，但我还是忍住了。我说："也许你是对的。我要反省一下。"我很早以前就学会了平息她不明显的怒气。我……够了！公平一点儿吧，她也一直在抚平我不明显的怒气。问题不是那些野花，问题究竟在哪儿？难道事情一开始就错了？什么错？我记得，当初我爱她，她说她也爱我。我是说，她一定在某个时候爱过我，否则，我们怎么会结婚呢？她来我们报社的时候，穷得很，是一个最穷最穷的姑娘，想跟她结婚的编辑排成队。

她常带着靓丽的微笑，双眼盯着跟她说话的人的眼睛。她坦诚的话语俘虏了大家，更俘虏了我。我总是费尽力气保持平常的说话方式，跟她说话，跟女编辑们说话，把眼光移到宽敞的编辑室中的别的方向。她却故意从她的办公桌走到我的办公桌前，向我咨询某件事，像个老同事那样，研究她写的题材。或者，她在文稿交印之前，让我再读一遍她写的文章。接着，她便没话找话跟我讨论家庭问题的方方面面：

她家的人坚持要她结婚，把她当作一件商品介绍给登门求婚的人。她决定一辈子也不以这种方式出嫁。她要自己找对象。为什么只有男人有自己择偶的权利？……她的话使我震惊。我心里想：假如她选择了我，可别对我这么坦率！但是，我克制着，继续与她交谈。

当我们手拉手在滨河大道上漫步时，她大笑着对我说："妈妈对我说，除了这个破落户，你就找不到别的记者了？为了他，连军官和博士都放弃了？"麦娜使劲掐了一下我的手，自豪地说出这番话。当时我着实吃惊了。"妈妈喜欢你，愿意有你这个女婿。"许久以前，我就知道她妈妈是个关键人物。我第一次见到他爸，我就喜欢他了。他朴实、友善。但是麦娜却有点儿不快，她觉得父亲在场让她蒙羞。我当时还在求婚，坐在门厅里，她父亲却穿着睡衣或长袍就坐下了，十分自豪地赞扬他的老板，还说他下班时怎么买了一个西瓜。卖瓜的人说，这是个又脆又甜的好瓜，可是他回家后切开瓜一看，原来是个白瓤生瓜。于是，马上就把瓜拿回去退还给那个骗子。因为爸爸是个维护自身权利的人，他不允许别人嘲弄他。麦娜听父亲说起自己的种种故事的时候，脸就会紧绷着，臊得通红。我看出了她母亲眼中责备的神情。我们结婚以后，她母亲竟当着我的面打她丈夫。父亲的作为也使麦娜痛苦地流泪，因为他退休之后，已经习惯穿着大袍上街，同理发师傅、蔬菜店老板或者看门人闲聊，坐上几小时。她满眼泪珠地斥责她爸，说："爸，你太不应该了，别这样了，听我们的吧！"于是，她爸胆怯地表示愿意向她保证下不为例。爸爸去世时，麦娜痛不欲生。连续几个月，她一直两眼泪汪汪的，面对她爸爸的遗像闲话，好像她爸仍然跟家里人在一起。她询问他的近况，问他为什么扔下她就走了，难道就一点儿也不想她了，不爱她了？我心里说：除了悲伤，这难道不是良心的谴责吗？后来证实了我的怀疑。她开始谈论起她的父亲了。她父亲原来是办公室同仁很敬重的个性极强的一个人。他坚忍、坚持真理，他一生都没有伤害过任何人。她对此深信不疑。有时候,她要求我学习她父亲坚忍不拔的精神。

当我被迫离职、无所事事时,她注意到我有一次理完发也在理发馆待了好长时间,和理发师唠叨个没完,漫无边际。当时我感到恐惧,立刻回家,坐在办公桌前,考虑我的写书计划。但是麦娜后来开始变了,变得很像她妈妈。她责备我宠爱两个孩子。可是,假如我真的要惩罚两个孩子之中的任何一个,她又会生我的气。她会站出来为孩子辩护。结果,惩罚往往针对她自己。我们周五出游归来,总会发现某个孩子出点儿什么错,或两个孩子一起犯了什么错,表现"不懂礼貌",她便惩罚他们,不给零花钱,不许外出串门。假如我同儿子哈立德下棋,她就数落我荒废了他的学业。假若我抱起女儿哈纳蒂,把她放到我的肩上,她说我这种游戏造成她上周肚子痛。我发现哈立德爱好诗歌,我便鼓励他读诗。她却说没必要让孩子失望,他有数学天分,如此,等等……

还有呢!一次又一次,斥责我,使我警觉起来:她究竟想要干什么?她想控制两个孩子吗?随便吧!你自己呢?为什么不去做点儿什么,更多地接近两个孩子呢?你不是整天整天不在家,待在报社或社会主义党部或出差在国外吗?你为什么为这点儿事责骂她呢?跟理发师有什么说的?……我一直在寻根问底,想寻找错误的根源,究竟是我的错还是她的错?这些与我们的离婚问题是否有关联?

我从汽车的反光镜里突然看见自己心神恍惚的面容,我吃了一惊。不!我不愿再是那个样子。在这美好的地方,在这充满阳光的早晨,我今天绝不再心神恍惚,不再为任何事情跟麦娜闹别扭。什么事都不想。不言不语地待在丛林中过几个小时。假若办不到,那就走。我启动了汽车。

当我进入宾馆大厅,记者会尚未开始。人们在大厅里摆了两张桌子,拼成一个讲台,讲台后面摆了三把椅子。在大厅里摆了三十几把凳子。虽然只来了六七个记者,都一言不发地散坐在那儿。他们也许跟我一样,无事可做,所以就来了。谁让他们来的?谁在关注这一切?这样的会,由什么国际医生人权委员会主办,控诉智利侵犯人权,谁会重视?什么智利!什么人权!

  什么都晚了,朋友!在恐怖笼罩之中,他们在首都体育场屠杀了成千上万的人。阿连德已被军人杀了,挥泪的时间过去了。①三年前他们杀了阿卜杜勒·纳赛尔,他们反对纳赛尔,说他是独裁者。②他们为什么要杀阿连德?他是民选上台的嘛!狼对羊羔说:"假若你不是一个独裁者把水搅浑了,那么你就是一个民主派也把水搅浑了。总而言之,你是我嘴里的肉,我该吃掉你。"现在谁还记得聂鲁达?③十年前,军人篡权后,他死于忧郁。他的名字我从未在我国的任何一份日报上见到过。他们使他销声匿迹,不让他为自己辩护,不让他作诗吟唱,不让他说:"我的声音在全国的海岸线上飞扬,因为这是沉没者之声,每个不会唱歌的人,通过我的嘴唱歌了。"我年轻时读过聂鲁达的诗。他的诗刊登在我国许多报刊上,甚至晚报都刊登他的诗。当时的报刊都说,任何一个国家人民的胜利,都意味着我们的自由。我们曾经为恩克鲁玛哭泣,为卢蒙巴哭泣。开罗电台曾经为塞得港欢呼,为阿尔及利亚欢呼,为马来西亚等许多国家的人民欢呼。胜利的喜讯像鲜花一样盛开在屠场中心……是啊,不比屠场上的鲜花逊色!我记得我的一个朋友,读着下面的诗句,就泪流满面:"鱼群都在海洋里喝着咖啡,孩子们却在饥饿之中。"现在,已经没有人为这样的诗句哭泣了。当我

---

① 阿连德(1908—1973),原智利总统。1973年智利发生军事政变,阿连德以身殉职。以皮诺切特为首的独裁政权建立。
② 纳赛尔(1918—1970),埃及"七二三革命"领导人,后任埃及总统。
③ 聂鲁达(1904—1973),智利著名诗人,政治外交家,1971年获诺贝尔文学奖。著作有《二十首情诗和一支绝望的歌》《船长的诗》《西班牙在我心中》等诗集。

们这个世界上的有钱人把咖啡倒入大海，或者他们吞食堆成山一样的蛋糕时，谁也不会哭泣了。人们理智了，暴风雨过去了。人们只会在电视机前流下同情的泪水。其中，也包括你在内，伪善的人啊！你和国际医生人权委员会都一样……

我手中有一本小册子，它是摆在会议大厅入口桌子上的。我不经意翻着小册子的内容，主席台上还是空无一人，开会的时间早已过了。我扫了一眼翻开的小册子。上面写着这样的内容：智利监狱中的行刑方式，正是该委员会以前散发的宣传品中曾经提到过的方式。它涉及智利、其他一些拉丁美洲国家和其他洲的一些国家。在智利最流行的是电刑：把活动的电源线头接到罪犯的身体上。罪犯被捆绑在涂了蜡的铁床上，电刑会给神经和肌肉带来剧痛。受电刑的结果会延续数年，它会造成人体肌肉的抽搐，使人长期失眠、做噩梦，使人陷入幻境而且始终摆脱不了第一次受刑的感觉和苦痛……还有名叫"针刺"的电刑……

听到大厅里有了动静，我就停止阅读小册子。我看见一个高个子、斑白头发的人坐上了主席台。他沉着地扫视了一下空荡荡的大厅，毫不感到惊奇，然后开始用英语讲话。从他讲话的语调，我猜到他是一位德国人或其他欧洲国家的人。他说，他名叫穆勒尔，是个大夫，对会议的延误表示歉意。他说将会说明会议延误的原因。他说他这个委员会包括来自各个重视人权状况的国家的大夫，都是志愿者。委员会特别关注医疗卫生方面的情况。委员会发现智利政治犯的情况很严重。这些犯人的数量有数千之多。接着他念了一些数字，说明监狱中病号有多少，刑罚有打骂、电刑、禁止睡眠、奸污等，还念了已经被折磨致死的犯人的名单……

我们大家开始发问，要求了解一些细节和更多的数字。突然，我认识的一位本地记者站了起来，他是《祖国报》的。《祖国报》曾连续攻击来自智利和其他国家的移民,要求遣返或驱逐他们。该报连篇累牍地发表过许多文章,说这些移民造成国家人口拥挤、犯罪增加、环境污染,应该解救国家不受外来移民的危害。记者挑衅地问穆勒尔博士道:"尽管你说了那么多智利的情况,你不认为智利还是比许多别的国家安定吗?你不认为智利监狱中死亡的人数仍然比邻国死于内战的人数少得多吗?"

大厅里响起一阵声讨的嘀咕声。坐在我前排的一位女记者大声问道:"这次会议是否邀请了智利的将军们出席?"她的话招来别人的一些评论。穆勒尔博士用手指敲了两下桌子,平静地对《祖国报》的记者说:"先生,我不是政治家,我们的组织也不是政治机构。我们是大夫,只介绍一些我们调查的情况。不过我可以提醒你一下,智利政变前没有死什么人,既没有人在游击战中死去,也没有人在监狱中死去。所以,如果你愿意,应该对此进行一番比较。"

穆勒尔博士看看手表说:"对不起,我们租赁大厅的时间已到,已经一个小时了。我们还迟到了,因为我们准备给各位提供的证明材料的西班牙文稿出了些问题。"他指了一下前排,曾坐在他身边的一男一女站了起来。他接着说:"本来应该来一位专职译员,可是,他在最后一刻抱歉地拒绝了。另一位朋友伯蕾吉蒂·希弗尔女士提供了译稿,我感谢她。"

伯蕾吉蒂身穿一套蓝色制服,像空姐一样,脖子上围了一条玫瑰花苞的围巾,坐在博士和另外一位男士之间。她面露微笑,不太自然地对我们说:"我翻译得很慢,请大家原谅。这是我第一次做译员工作。"全场记者的眼睛都盯着她,她十分靓丽。有一个记者说:"我们会很高兴地原谅你,请你抓紧时间。"人们大笑起来。穆勒尔博士又敲了敲桌子,严肃而又近乎责备地说:"我刚才对大家说了,这份证明材料对我们组织来说十分重要,它涉及医务人员。我希望大家仔细听听。"

接着他示意那个男人开始说话。

这时,我把目光从伯蕾吉蒂身上转到那个男人身上。他坐在她的右边。我看不清他的脸。他低着头,几乎把头埋在胸前的两臂之间,甚至连他的一头黑发也看不清楚。他说话声音低沉,伯蕾吉蒂好像在提醒他大点儿声说话,于是他又重复了一遍。他仍然没有抬头,伯蕾吉蒂开始翻译。他每停一下,她就翻译几句。她用记者们通用的英语进行翻译。

他说,他名叫彼德罗·伊巴尼兹,三十六岁,是智利首都圣地亚哥的出租车司机。年初的一天,他的车停在车站前的出租车停车场里,等着载客。他看见有个人走出车站,手里提着一个包,朝停车场走来。靠近他的车时,另一个司机迎了上去。他以前从未见过这个人。这人指了指他的车,想接过他的包,但是遭到拒绝。"他不给这个人包,也不愿跟这个人走,反而朝着我的车走了过来,我的车离他最近。根据乘客的指点,我开动了出租车,同时发现另一辆出租车也尾随在后。"他认出了司机,正是那个想接包的人,他的旁边还有别的一些人,乘客也注意到了这个情况,不断地往后看,显得局促不安,但是他仍极力控制自己的恐惧。彼德罗害怕了。乘客对他说:"快点儿!快点儿!"说话时眼睛时而盯着后面的车,时而看看前方。突然他对彼德罗说:"听我说,他们要抓我。他们是安全局的人。"彼德罗想停车让乘客下车,但又担心乘客遭遇不测,所以当乘客要他离开大道钻进岔道时,他听从了。彼德罗说,后来他后悔了,那是个坏主意。其实追车的人在拥挤的大道上,什么也干不了。可到了岔道上他们很容易地就盯上了他的车。彼德罗竭力想摆脱他们,可是他们的车新,速度快。乘客看出了这一点,不再往后看。他缩坐在座位里,沉着地对彼德罗说:"听我说,我很遗憾,让你卷入我的事中。"彼德罗不知他说的是什么事。但是,当后来的车在一交叉路口赶上来的时候,乘客突然打开车门,跳了下去。他开始朝大街上狂跑，但是刚跑了几步枪就响了。他赶忙趴在座位上。他感到子弹已经击中了那个人，他摔倒在路上，头上喷出了鲜血。

彼德罗平静地叙述着，伯蕾吉蒂平静地把他的话译成英文。她双眼环视着大厅。我发现她的脸色铁青、声音逐渐高扬。彼德罗用手示意子弹射入体内的部位。穆勒尔博士以食指指指手表，暗示他们快些说。彼德罗歉意地点点头。他早已忘却了羞涩，抬头扫视了大家一眼，大大的双眼和双眼下宽宽的黑色眼袋，像倒置的双眉。这是失眠，我自言自语地说。

彼德罗的语气经博士催促之后有所改变。他的话脱口而出。伯蕾吉蒂跟不上他的速度了，她向大家表示歉意，有时还请彼德罗重复一遍。事情不那么连贯了，这一次他用手指指胸口说："子弹是从这里进去的。我当然不知道那乘客是谁，有些遗憾。我的意思是说，子弹从腰间射入，留在胸腔里。医院的人是这么说的。在这个地方……但是，乘客在坐上出租车之前，我并没有见过他……我以为他已经死了，不，我肯定他已经死了，我亲眼见到了血，看到他的脑浆溅在了人行道上，然后才断了气……军官在医院里讯问我时，我口干舌燥，摇了摇手说，我不认识他。军官拔下了给我输血的针头，拔掉了给我输氧的管子，说：'我会让你死！你是卡比底罗的朋友。那么多出租车司机，他为什么独独选了你？'当时，大夫就站在旁边，眼睁睁地目睹了一切。军官是安全局的……氧气管被拔掉后，我开始不行了，呼吸越来越困难。那是我第一次听到卡比底罗的名字，以前从来没有听到过这个名字，我兄弟也没有听到过这个名字。当我想把这些情况告诉那位军官时，我满嘴都是血，之后就又昏死过去了。第二天我苏醒过来后，他们又开始审问我。那天有三个安全局的人，他们问我的家庭情况：'你家里的人都是社会主义者吗？是不是阿连德的党徒？……'我生于农村，但即便在农村把地主的土地分给农民的时候，我们也没有要过地，我没要，我兄弟也没要……所以政变之后，地主返回农村，也没有我们的事。农民们把土地还给了地主。我是说，我们没有跟那些拿了地主土地的农民一起被关进监狱。可是我不能说啊！我不能回答他们的问话，我实在劳累之极。于是，一个军官伸手关掉了氧气管。我立刻感到鲜血涌到了喉头，涌到了嘴里，听得见血在喉头咕嘟咕嘟地响，我一句话也说不出了。大夫过来，用器械从我嘴里把血抽出来，装满了好几个瓶子。大夫劝我说话以挽救我自己的生命。但是他并没有打开氧气管。他对军官说，我不能说话。"彼德罗两手前伸，圆睁双眼，大声对我们说："没有氧气，人能说话吗？"

《祖国报》记者大笑。大家都生气地朝他望去。还有个人对他说："嘘。"可是，他却视而不见，谁也不搭理。彼德罗以为他说错了，有些紧张，接着又低着头说起来了……

"我想这事发生在第三天，不，在第四天。他们把我弟弟弄来了，他们说已经发现我弟弟是一个社会主义者，我说了谎。我说过我弟弟在大学读书，是吗？他们吼道：'你必须把有关卡比底罗的事都交代出来……'可是，我不认识卡比底罗这个人，我又能说些什么呢？那天我还不能活动。我躺在床上，看着他们扒掉我弟弟的衣服，把一块大毛巾塞进他的嘴里，把他的双脚、双手捆在我身边的铁床上……我只能转动我的双眼，我呼喊：'我弟弟不认识卡比底罗，我也不认识卡比底罗……'我喊叫，却喊不出声。我看着他们把电刑刑具放在我弟弟的身上。医生把听筒放在他的胸口上，对军官摇了摇头，就走了。可是，他们对他动刑的时候，大夫一直站在那里……我听到我弟弟在呜咽，看到他赤裸裸的身体绷紧起来，有时弯下去，连床都被带动了。当时，假若我能说话，我会说……"

在记者招待会上，我们却不知道彼德罗·伊巴尼兹当时说了些什么。突然,伯蕾吉蒂·希弗尔上气不接下气地停止了翻译。她突然举目望着大家,圆睁双眼,绷紧了脸,双唇抖动。彼德罗低着头在说话,继续说着生硬的西班牙语。"我分辨不出他说的话……安全局……卡比底罗……医生……"伯蕾吉蒂紧咬嘴唇,凝视着大家。后来,她双唇松动了一下,然后又咬紧了。她没有哭,一声不吭。她只用蓝色的大大的双眼望着大家。彼德罗终于发觉大厅里一片沉静,便抬起了茫然的双眼……

穆勒尔双眼盯着她走出大厅后,才转向我们说:"对不起,会议的时间到了。总之,我能说的是,我们委员会调查了整个事件,各种细节都已经确定。几个星期之后,彼德罗逃离了军队医院。他的朋友帮他逃出智利,在加拿大得到治疗。子弹和酷刑伤害了他的胸部。这是你们在传单中已经读到的。总之,谢谢大家的合作,希望你们能把这些材料发表出来……"我座位前的女记者站起身来,为彼德罗照了张相。他当时正茫然地看着我们和大夫。女记者坐下来高声说:"这种职业真该死!"

大厅远处的记者伯尔纳站起来,他答道:"什么职业?新闻,还是安全局?医学,还是电学?开出租车,还是……"

他踢开铁椅子后说:"还是这世道?"

椅子滚动的声音持续了几秒钟。后来,一切便恢复了平静。

第二章　遥远的过去死了

我站在大厅入口处，翻阅尚未看完的宣传品。其中有份传单的封面上，印有彼德罗·伊巴尼兹的头像。旁边还有一个小伙子的照片，我猜那就是他的弟弟。他长得很像彼德罗，宽嘴、浓发，一双黑眼睛上面是浓浓的眉毛。他穿一件白衬衫，领口开着，紧绷着嘴巴，面色严峻。他似乎是想显得成熟些。我看着记者们纷纷走出大厅，行色匆匆，看也不看那些宣传品，好像是要逃离那个地方，回避那些事变。我了解这一点。午饭前，人们将会把彼德罗、他弟弟和智利一股脑儿忘得一干二净，为他们的报刊发回别的新闻电报和报道。这时有一只手在我的肩头拍了拍，我听到一个声音说："我一直在寻找你呢。"

我回头一看，惊呼一声："易卜拉欣！"

是他！易卜拉欣·艾勒·麦哈拉维。这么多年了，人变瘦了，头发也白了，但仍然富态十足，胖胖的，跟年轻时一样。我握住他的手，尽力露出一丝微笑。他却突然用左手一把搂住了我的肩膀，使劲拥抱我，让我受宠若惊。

易卜拉欣感到了我的僵态，退后一步说："自从我们最后一次见面，有很多年了吧？"

他注意到了我不安的神色，微笑着说："我知道你还保存着很多诗，还记得诗圣的名句——'死亡抹去了我们之间的怨愁'吗？"

朋友，许多事已经逝去，怨愁还有什么意思。

我羞涩地说："是啊，是啊。你还在贝鲁特工作吗？"

"是的，我现在是进行一次工作采访。昨天刚刚到此地。真抱歉，我完全没有注意到你也在场。要不，我会……"易卜拉欣翻了翻那些传单、宣传品，放进小包里一些。他说："相信我吧！我未曾看见你，压根儿就没想到你也在此地。我想你们的报纸对智利不会感兴趣。"

这时我才发现，印有彼德罗照片的传单还握在我手中。于是，我送回传单，说："哪家报纸会感兴趣呢？任何一家报纸，哪怕只发表一条短短的五行字的消息，彼德罗·伊巴尼兹就会交好运了。至于我那报纸，你是清楚的，世界顶尖新闻也不会超过五行字。我们也变了。"

易卜拉欣压抑着笑声，同我一起离开了大厅。他说："是呀，报纸真有了变化。我对此会表示震惊的。我待在巴格达时，就捡到过一份。头版位置的四方块里的标题是：海关税款和薪水。我凝视着这个标题好一阵子，我想，会不会出了印刷错误。后来才明白，这条消息说的是大小雇员提升的事。安拉无所不知。你会想象到我们那么革命的报纸会这么变态吗？"

我摆了摆手说："别说啦，求你啦。去喝杯咖啡吧，有时间吗？"

"喝什么？我们去吃一顿午饭吧，不反对吧？"

他的热情使我惊诧不已。在路上，我竭力抑制着内心的不快，跟他议论一些老熟人的情况，免得谈话干瘪。实际上，我见到他很高兴。我们过去不算什么好朋友，年轻时只在国外报纸的消息版面上共事。他是个马克思主义派，热情、奔放。他常说自己是一个理想主义者。我认为他教条、僵化、脱离群众。那时候，我喜欢阿拉伯民族主义者写的东西。我坚信,我们国家有阿卜杜勒·纳赛尔就会强大起来。我在编辑部里,把他在埃及—叙利亚实行联合之日发表的著名演说挂在口头上:"一个大国,保护自己,不威胁他人;捍卫自己,不一盘散沙。"这条横幅,是报社的书法家用库法体书写的,很好看。我把它挂在祖国的地图下面。易卜拉欣看见这个横幅时,一脸微笑,装得面容严肃、持重。我激动了,跟他争论。可是,当他1959年被当作共产党人抓起来的时候,我真为他伤心。我失去了他。出狱后,他回到报社,我们和好了,像两个老同事、老朋友一样。我们的关系一直维持到他出国。二十世纪七十年代,我遭遇不测,被提升为谁也不理不睬的编辑部顾问。他到了伊拉克,后转到叙利亚,最后在贝鲁特定居下来,在一份抵抗运动组织办的报社供职。

我们现在不期而遇,一起在外国的城市街道上漫步。我们多少有点儿尴尬,我们双双竭力像好朋友那样交谈。我们毕竟分手多年了。然而,沉默的间隙,的确使人局促不安。我们并不真想追忆过去。于是,我就说这个城市的一些景点。他毕竟是初次来到此地参观。我们从宾馆走到海边,穿过一个广场。广场周围是一些新的罗马式建筑,有高耸的圆柱。广场中央是一个秃顶男子的雕像,骑着大马,手指前方,十分庄严。我告诉他这是博物馆,那是大学办公楼。那位骑士在十九世纪领导了一场解放战争,把法国人赶了出去。我说得很详细,有说不完的话。易卜拉欣不断点头称是:"是啊,真好!"可是后来,无话可说了,我们便沉默无语地闷头漫步。

最后,我对易卜拉欣说:"真对不起,我让你跟我走了这么远的路。这是一家咖啡店,我常常在此停车。"易卜拉欣在咖啡店门口站了一会儿,说:"你是对的,我当初就后悔,离开故土不再返回。"

我不明白他的意思,他说这话是为了迎合我,还是这地方确实让他喜欢。我是喜欢这个咖啡店的。它外形呈椭圆,深入河面,极像被抛弃在崖石上的贝壳。它占据了河岸边一处宁静之地。有一条小路，通到咖啡店前，鲜花装点着道路两边蜿蜒的水渠。

咖啡店内顾客不多，在靠窗的地方，我们坐下了。从窗外宽阔的河面，可以看到绿色葱茏的小山和宽大的花园。树林间是些白色的房舍，屋顶似阶梯式金字塔，一律铺着红瓦。这些房屋一直建到山顶，呈三角形，点缀在树林之中。我们落座后，易卜拉欣低声说："这地方真宁静、平和啊！"

我猜想这时候的他可能是想起贝鲁特。不过，我不说。我让他凝视眼前的河。河水清澈，匆匆流去，激起前涌后赴的银色浪花，闪闪发光。几只白色的天鹅在水面盘旋，高高地昂着头，静静地注视着窗口。几只褐色的野鸭伸着紫色的脖颈，冲着我们游过来。游到窗下后，便摇动着嘴，发出断断续续的鸣叫。坐在我们附近的一位女士，便朝它们扔去一些面包屑。

易卜拉欣看看山，又看看河，思绪万千地说："你生活在这个地方，太幸运了。"

"是的，我很幸运。"

易卜拉欣觉察我的话中有话，歉意地说："我的意思是……"

他没有说下去。这时，服务员走过来了，问易卜拉欣是否想喝点儿啤酒。他说："中午不喝，我只喝咖啡。"

我们要了咖啡，我笑着说："我从来没听你说过中午或下午不喝啤酒的话啊！"

他简短地答道："年龄不饶人吧。"

接着他用手指着我的黑发说："说到年龄，那你的头发怎么还那么黑？我们都成白头翁了，而你还是一头乌发呢。"

我指指我的头，轻声笑道："我的发育停止了。"

易卜拉欣笑着答道："要能中止发育，阻止产生白发，我就不会成白头翁了。我和我们那边的人,从大西洋到阿拉伯湾统统变成快乐的小孩子了,我们的发育都终止了。"

我手指着他提醒说:"你这样的乐天派可不应该说出这样的话啊。"

他点头示意,又转眼看着河面:"是啊,在这个地方不应该说这种话。我们忘掉它吧!你孩子好吗?"

"哈立德和哈纳蒂吗?哈立德已是工学院三年级的学生了。他很快会路过我们这儿,代表埃及参加伦敦青年国际象棋比赛。哈纳蒂在读初中,我已经有一年没见到她了。我常常写信给他们,也常通电话。"

易卜拉欣有点儿发窘地说:"是啊,我已经听说了你和麦娜的事,所以我一直没提这事,免得勾起你不愉快的回忆。当初听说你们离婚,我确实为你们难过。你们虽然意见不合,但我敬重你们。她维护女权的勇气令我折服。"

我伸开双手热烈地回答他:"我也一样,我佩服她。我觉得她主编的妇女版块是我们报纸改版后唯一可读性较强的版面。"

易卜拉欣颇不解地问道:"那是为什么呢?你跟她有些分歧,我还替她说话呢。我责备你应该负责,一点点小事就吵嘴。我常数落你,你当时极力反对她在报社工作。"

"是的,我觉得孩子们有权利在家跟她多待些时间。"

他摇头表示不赞同。他说:"她为什么不能坚持孩子们有权在家跟你多待些时间呢?你过去大部分时间不在家,不是在报社,就是在社盟总部或出差国内、国外,为报社的事奔忙。她为什么没有这么做的权利呢?"

我心里叹道:是啊,我们又争上了!社盟和报社!还是谈谈你吧!别净说我的事,跟我秋后算账,行吗?但是我只机械地回答他:"也许你是对的。我坚持母爱高于一切，比父爱重要得多。或者，我错了。但是，这不是我们分手的主要原因。"

"主要原因是什么呢？"

我深深吸了一口气说："这个问题我问我自己好几年了，易卜拉欣。"

他争辩道："就是说你不明白你为什么跟麦娜离婚？"

我摇摇头表示否认，我说："我们当时吵昏了头，两口子的事，这不会是主因。"

易卜拉欣紧皱着双眉，轻声细语地说："一般来说，分手的主要原因是有第三者插足：有另外一个男人或者有另外一个女人。可是我对你很了解，也很了解麦娜，你们不是那种人嘛！我至今也是这么一个态度。"

过了一会儿，他接着说："也许你们俩……"

他犹豫了，我急切地问他，我的语气让他不解："也许我们俩怎么啦？"

他直视我的双眼说道："我的意思是说，你俩也许在寻找世界上没有的完美的爱吧！所以你们吵个不停，最后失望了，你们离这份完美的爱越来越远。"

"也许是的。"

我转脸望着窗外，感到一种无奈。我们的谈话难以继续。我又一次地反问自己：这是我和麦娜的事，还是你易卜拉欣的事？你现在也该谈谈你自己啦。难道为了这没有的完美的爱，你就和夏蒂娅分手，至今不再婚吗？你还问我是什么原因。你说，有另一个男人或者有另一个女人？那么你们分手的事也就让人难于理解了。你说，为了寻求完美？我们一起生活那么多年了，共同面对生活，没有预料会有什么过不去的坎！结果却是一团迷雾，地雷在黑暗中爆炸了。天天吵个没完，彼此伤害，然后又暂时和解、悔恨当初、信誓旦旦，为了明天直到触爆新的地雷，一切又恢复了原状。自己也不明白是为了什么原因。我想了很多很多。

为你们想了许多——我说,是不是因为我工作中出了问题? 我只差一步就当主编了。

可是,萨达特上了台①,我失去了一切,成为谁都不理不睬的顾问。麦娜不是这样软弱的人啊,她不会因为这件事抛弃我。她是有原则的。我们的生活从一开始就很不看重金钱,我们结婚的时候也是一无所有。靠着麦娜,我们度过了一段艰难的岁月。那时我的工资和她的工资加在一起也不够养家、养孩子。但她毫不抱怨,后来收入增加足够开支了,她也没变。她没有奢求。我试图多多地弥补我长久亏欠她的一切,结果怎么样呢? 我提升了,却迈不过婚姻失败的坎。我急流勇退,只开一个小门,每周弄一个国内的广告版块,尽管我们不放弃原则。我们是否像报社内外的其他人一样把成功看得太神圣了呢? 你坦率承认吧! 失败和愤怒塞满心田,失去了耐心,准备为芝麻大的事就跟麦娜、跟任何人大吵大闹。所以,麦娜也失去了耐心,她的内心充满失望……你看她是因为失望而放弃我的吗? 我那时是多么需要她啊! 也许当初是她先吵,也是她先求和,我现在是完全认清了,当初她为阿卜杜勒·纳赛尔的理想着了迷,不仅仅是我的原则,还有我的信念、成功和荣誉。我现在明白了,麦娜在报社的定位跟我一样,把阿卜杜勒·纳赛尔当成了对手。后来,当他们缩编妇女的作用,她意识到灾难和集中营,意识到纳赛尔死后人们对他的议论。麦娜听到埃及军队失败后放弃西奈半岛时,双眼含泪,她呼喊:"西奈半岛没有啦,纳赛尔死了。"后来,收回了西奈半岛,她又欢呼雀跃。

纳赛尔死后出现的社会崩溃和麻木都已经成了往事。她攻击纳赛尔,我为纳赛尔辩护。我们都从中得到解脱。昔日的领袖变成了一个

---

① 萨达特(1918—1981),纳赛尔总统的继承人。1970年9月纳赛尔病逝后,他继任埃及总统。1978年与以色列总理贝京同获诺贝尔和平奖。1979年3月,埃以签署《埃以和约》。1981年10月6日遇刺身亡。

家庭的旧玩具，成为争吵时抛来抛去的球。吵闹一阵子，然后又言归于好。我写完《纳赛尔传》之后，就自费出版了它。我猜想结果会引来一场大吵大闹，我们会收回部分失掉的东西。我用我经历的种种证明文件回击对我的攻击。可是，书出版了，售报亭和图书馆都受令把书收藏起来，谁也没有看到过这本书。我送给那些会对书感兴趣的熟人和同行，可是他们也没有任何反应。既不反对，也不支持，死一样的沉寂。堆在家里未卖出的书，仍然堆在那里。我的失败，她不同情。她见到那些书就烦躁万分。她说："净给家里收容尘土和虫子。"但是，书也不曾成为我们分手的原因。政治不是我们分手的原因。

你记得吗，我们有一次约会，既不谈论纳赛尔，也不谈论萨达特。任何有分歧的事，我们都不谈。结果怎么样呢？我和她都不明白，政治的话题，其实并不是我们之间的鸿沟。我们之间的争吵比以往更凶猛、强劲。弄不清我们谁对谁错。一丁点儿小事迅即膨胀扩大，彼此算旧账，我说她末日长，她说我末日短。想当初我们在滨江大道海誓山盟，在丛林中的窃窃私语，我们忘记了归家的路。难道现在必须彼此都走出这围城？为什么？原因在哪里？

"是啊，原因在哪里？"

我没有回答。易卜拉欣接过我的话轻声说道："我很抱歉。相信我，我压根儿就不知道这个问题对你的影响如此之大。"

我分辩道："什么问题。你错了。"

他不安地答道："你这段时间心神不定，嘴里说没事……"

他没说下去，但是我心里还在生麦娜的气、生易卜拉欣的气、生整个世界的气。我说："易卜拉欣，你听着：我们把这事捅破了，就到此为止。"

他面露疑惑地说："你说的是哪件事？"

"说你停职的事？是的，我是根据我的职责那样做的。"

易卜拉欣仍然拽着我的手："忘了它吧，我早已把这件事忘了。我说过，死亡会抹去……"

我抛开他的手说："可是我没忘。我将把你不知道的秘密告诉你。"

易卜拉欣红了脸，不耐烦地扬起手："什么秘密？你想在1982年解释1969年的事吗？现在说这些事还有什么意义吗？我已经说了，这些事我已经全都忘记了。"

"可是，你应该知道3月30日我写的声明文章。我在文章中说，政府原想右派会忠于革命，实行各项改革……"

易卜拉欣烦躁地打断了我的话："我说了，这些事都过去了。3月30日的声明真的过去了。朋友，今天我走在开罗任何一条大街上，询问人们关于3月30日的声明。只要你在全埃及能找十个人记得这个声明，你就来跟我算账吧……"他显然在极力装出一脸微笑。他说："先生，我们现在在哪儿？你让时间倒流，还想随心所欲地抓住我的笔。让我说你写文章的时候，我确实包装了。你就高兴了，满意了？你当时对纳赛尔的评论都是对的。我错了……"

他想起什么事了，笑得更甜了。他说："顺便问一下你，你知道你在开罗的绰号叫什么？在贝鲁特时，我们听说你的书出版后，埃及人就把你称为'亡人的遗孀'。"我装出一副笑脸，说道："是的，我听说了。你是知道的。在纳赛尔生前和死后，我都为他辩护。我的态度没有变，我支持他，但不信奉他的主义。"

易卜拉欣转过脸去，说："是的，这不排除你是在他那个时代飞黄腾达的，像坐火箭一般。凡是重要的报道任务，都是你出差。那时候，出国比登月还难哪。"

我粗鲁地说："什么？我升迁了？因为我是个伪君子？我算计别人，踩着别人肩头往上爬？"

"我不是这个意思。"

"那你是什么意思？我只知道，我是一个记者，我知道该写什么。我知道1956年我是第一个进入塞得港的战地记者。当时城市在挨炸。我还知道我不是坐在办公室里报道'也门战争'的。我跟战士们待在一起，蹲在也门的山岭上。当然，现在说这些已毫无意义了。"

易卜拉欣举手对我说："自然，你写书是心满意足的，问题是……"

我控制不住激动的心情，声音颤抖地说："请你告诉我，你这话中的话吧！许许多多的记者，为了保留自己的职位，不都改弦更张了吗？他们个个争先恐后，贬斥纳赛尔的政策，讨好萨达特。我跟他们一样干了吗？"

"你当然没那么干。真的，我很抱歉。我说过了，我没有那个意思"

"不，你就是那个意思。后来，你们把持着国内文化界的时候发生什么事啦？不就是你们把我从群众文化委员会开除了？"

"谁？请你说清楚！"

"你们，你们这些共党分子。"

"这是凭空捏造。"

我晓得我已经声嘶力竭。整个咖啡店的人在盯着我看，我不在乎。

这就是事实。我过去一直爱戴那个人。我至今仍然爱戴他。是他改变了我们的生活，而你们却反对他。易卜拉欣激动起来，两手一拍，说道："不，这太过分了。我们如何反对他啦？我们在哪儿反对他啦？在沙漠绿洲中的集中营？还是水坝集中营？也许还在也门、西奈半岛或者连我自己都不知道的鬼地方反对他吧！……你看，世界万物都还是老样子，朋友，已经发生的一切变化与我们无关。尽管发生了这些变化，我们现在仍在为他辩护……"

"可惜，没机会了！"

"谁错过机会了？"我还未回答，易卜拉欣早已扬手制止我。他说：

"你听着,我们可不可以别再争论了……我再次向你道歉,请你原谅。如果我伤害了你,我承认我错了……"他用手指敲了一下桌子,说:"这一切都过去了,早已过去了,死了,你懂吗?"

我看见了眼前的咖啡杯,颤抖着伸手过去,端起来喝了一口。凉啦。我眼睛注视着眼前的河流,其实什么也看不见。平静的河面上的某种动作和喧闹,让我回心转意。原来是一只天鹅,昂首戏水站立起来,扇动着翅膀,浪花飞溅在它的身后,出现了两条白色的平行线,旁边一群灰色的鸭子尾随其后,欢叫着冲了过来,冲到了窗前。天鹅静下来后,静静地左顾右盼着,昂首游动着。

我一口气喝光了杯里的凉咖啡,打破沉寂,说道:"听着,易卜拉欣,我也很抱歉,请你原谅我。现在发生的一切都已毫无意义。你现在是我的客人……你还没跟我说明来这个国家的目的呢!"

"为我的报社写点儿东西。"

他没有马上接我的话,后来他说:"顺便说一句,我还是要感谢你,你不像我在国外遇到的埃及老朋友,他们都关切地问我贝鲁特的近况,似乎他们什么新闻都没有读过。"

"假若你不警示一下,我也许问你这个问题了。有一个大诗人早就告诉我们今天贝鲁特发生的事了。"

易卜拉欣惊奇地问道:"谁?哪个诗人?"

他几年前就告诉我们这儿发生的战争了,他说:

> 我们的贝鲁特是一个悲剧,
> 我们成了戴着假面具的人了。
> 一种观念被故意散布到市场上,
> 接着又被扼死在襁褓中。

易卜拉欣复诵道:"被扼死在襁褓中……说得好!淫荡的思想观念今天都被称为原则了。原则被奸污了。(他抬手强调他的意思)那不仅仅在贝鲁特。这个诗人是谁?"

"哈里勒·哈维。"①

他紧皱双眉,说:"我认识他。他是乔治·哈维的亲戚。"

"我哪知道?我只知道他是一个诗人,我喜欢他。"

我突然想到,我们过去认识某个政治家,往往都靠诗人。我们靠穆泰纳比②,认识了赛夫·道勒和卡弗尔。是这样,而不是相反。可是,我们今天要通过政客去认识诗人了。

我们不谈诗人了,把他们遗忘了,我想问易卜拉欣:即便如此,又怎么样?诗人是民族的良心。一个民族,忘掉了自己的诗人,它的命运会怎么样呢?

但是,我没有问他。我看了一眼腕上的手表,说:"还有一个重要的问题,我要问一下。我们待会儿吃点儿什么?两点多了,餐馆都关门了。"

易卜拉欣点头称是。他说:"可是你没想过……在适当的时机,我们没想过这个重要的问题啊!"我们要了煎饼和咖啡店的甜食。我向易卜拉欣保证,我会为他补上一顿丰盛的晚餐。我们边吃边聊,说起报社的同事,说起他们这些年的坎坷。根据萨达特的政策,谁升了,谁被裁了。易卜拉欣问我道:"你怎么到这地方来了?"

我大笑着说:"我想是因为我的办公地点在这儿吧!"

易卜拉欣惊异地问:"什么办公地点?"

我用手画了一个圆圈,接着说道:"办公的地点,就是我在报社里的那个房间。当时房间很大,副主编室。想升迁的人贪婪地盯着的

---

① 哈里勒·哈维,巴勒斯坦著名诗人,自杀身亡。
② 穆泰纳比(915—965),全名艾布·塔利卜·艾哈迈德·侯赛因。阿拉伯阿拔斯时代大诗人。

地方。可是我待在那里却心存忧虑。他们不知道如何把我赶出去。我猜想萨达特政变的第一天已经决定要赶走我了。可是，令他们吃惊的是，我的名字不在阿盟秘密组织的名单中。什么名单中都没有我的名字。我不过是个当选的工会委员。他们勉强容纳了我，并且提升我为编辑部的顾问，使我无所事事……所以，我就一直待在那儿。待他们为报社在这儿设立了办事处后，我就过来了。"

我没告诉易卜拉欣，我对此求之不得。我离婚后正想离开埃及呢。

说到报社和报社的同仁，我的思想中出现的是夏蒂娅。无论是我或任何别的人，对她这个谜都一直弄不明白。夏蒂娅，一个靓丽、苗条的姑娘，最漂亮的女编辑，她与易卜拉欣相爱至深，是天生的一对。易卜拉欣强壮彪悍，褐色的两眼洞察一切。她的清秀穿任何衣服都引人注目，儒雅有加。在他被押期间，夏蒂娅忠贞相守，不为任何求爱的人说服动心，承受了报社强加给她的迫害，说她是"革命的敌人"之友。易卜拉欣出狱后，他们却断绝了关系。我和其他同事从中调解，无济于事。他们俩谁也不给对方一个说法。后来，夏蒂娅不久就同报社的司库结婚了。这个人名叫阿姆·阿卜杜·拉蒂夫。他仪态庄重，行动迟缓。一年后，夏蒂娅生了第一胎。令人吃惊的是，她要求从报社编辑部调进报社理事会，在审计处就职。人也变了，默默无闻的，不拘衣着仪表，冬夏不分，常常穿一件宽袖长罩衫，没有衣扣，下身穿一条摆裙，头系盖头。同事们问她，她幸福地笑着答道，她让阿卜杜·拉蒂夫忌妒。我注意到她常在各个办公室之间串门，甚至怀孕后也是如此。她站在这个办公室门口一会儿，探问报社编辑、职工的消息，然后就把这些消息转播到其他办公室去。她咯咯地笑，她还学会了"在诽谤中死去"。我简直不敢相信，这就是过去的那个夏蒂娅，那个整天文静地坐在自己的办公桌前的女编辑，那个议论非洲的解放运动，或者以色列不断增加的移民，或日本经济腾飞奇迹时激动不已的夏蒂娅。如今,她完全忘掉这些了?我扪心自问,是爱的失败改变了人吗?

我不会去问易卜拉欣这个问题。现在,我俩坐在外国城市的咖啡店里,吃罢便饭,默默地喝着咖啡,他愿意在这个地方多待一会儿,我不会拒绝的。我面对着易卜拉欣,似乎想起了什么。我说:"顺便问一句,你不是问麦娜嘛,我也想问一个使我费解的问题:你们为什么要分手?"

易卜拉欣眼睛看着窗外,对我说:"像你给我的回答一样,我也那样回答你。你认为了解事情的前因后果会于事有益吗?"他转脸接着说,"有个朋友告诉我,人过五十,不该有隐私。任何隐私、任何隐瞒都毫无意义了。是的。我曾经爱恋过她。我从来没有爱过别的女人像爱她那样深。被关押的时间长了,我曾给她写信,要求解除婚约。"我看得出来,他并不失望。他接着说,"我……"易卜拉欣犹豫了片刻后,脱口说道,"我写信告诉她,假若她愿意等我,就等我,她也可以自由地去找自己喜爱的男人。"

我惊异地说:"易卜拉欣,我们国家的男人不会对女人说出这样的话来的。"

"是的,任何一个国家的男人都不会说这样的话的。可是,事实上我说了。假若现在你要问我,为什么当时要说这种话,我将会告诉你,我自己也不知道。难道我真想让她跟一个没有将来、没有希望的男人解除婚约吗?也许还有别的什么原因。在监狱里的人会变。待在高墙里面,原来的情绪会渐渐淡泊。她写给我的信,虽然寥寥数语,可是却都充满情爱和思念。而我的回信,却冷若冰霜,干巴巴,像是在例行公事。她一定以为我对她的爱已经死了。她是勇敢、传统的,这些年里她一直等着我。或许她仍然对我抱有希望,觉得我出狱后事情会有所改变。可是,长期等待之后等到的却不是自己的旧爱，而是完全不同的另外一个男人。他就是阿卜杜·拉蒂夫。她意识到了他的爱，每个女人都会意识到的。这位报社司库原来只有一个梦，他梦想他爱的女编辑也有这么一个梦。她是他的偶像，只不过看起来远若辰星。但是这种缠绵正是她所需要的，她准备为之牺牲自己的一切。"

"假若她再等一段时间，事情就……"易卜拉欣说不下去了。

我喃喃地对他说："是啊，是我们自己毁了自己呀。为什么？"

他似乎没有听到我的喃喃细语，一脸的哀伤。他点了点头，试图要说些什么。他说："你干吗只问夏蒂娅？我跟哪个女人都不成功。我一生认识不少女人，碰到知识型的开放的女人，我不乏单纯幼稚的渴望；碰到单纯的女人，却又局促不安，寻求理智的对话……我浪费了我的一生，想寻找到一个矛盾的统一体，可惜这样的人还没有出生。"

"你当时谦逊一些就好了。"

"可能是这样，现在说什么都晚了。到了现在的年龄，女人已经不会让我动心了。我们说点儿别的吧。我将在此地待些日子，有些事还希望你帮帮我。"

我俯身冲着他轻声说道："好哇，我就跟你说点儿有助于你的职务的事吧，不会十分离题的。那边那个姑娘，在窗边看书的那位，看到了吗？"

易卜拉欣朝她看了一眼，她正摆弄着一束褐红色的短发，全神贯注地看书，看上去像个学生，穿着牛仔裤和旅游鞋。

易卜拉欣收回眼光，不经意地说："还太年轻，我跟你说过了，我已经对女人不感兴趣了。"

"相信我的话吧，她很在意你呢。那天的记者会上，我就开始注意她了，也是这样子，全神贯注地看书。"

"那是为什么？"他猛然回过神来了，不禁大笑道："不可能，还会在这种地方?"

"是的,就在这儿。你是巴勒斯坦某家日报的代表,左派,她会不注意你吗?"

易卜拉欣还在笑:"他们是否跟踪你呀?"

易卜拉欣又看了一眼那个女孩,耸耸双肩说:"我在任何一个国家都已习以为常了,除了写点儿文章,别的都不干。还是说点儿别的吧。你们那边的人怎么样?"

我想回避这个使我们意见分歧的话题,于是我对他说道:"这儿的人,我还知之不多,他们不喜欢外乡人,也不同外国人来往。"

然而他坚信不疑地答道:"是你不同人们交往。倘若你接触一些左派人士,你会看到生活中另外的那一面。我说这儿的左右没有区别。谁执政了都差不多,都会利用我们的贫困放高利贷。"他拒不相信我的话。

他摇着头,反复地说:"我生活在欧洲,欧洲仍然是未来的希望。"

易卜拉欣动情地说:"朋友,我现在不谈科学,也不谈文明,只谈人道。告诉我,像穆勒尔博士这样的大夫,我们有几个?他们会自觉自愿地挺身而出,为世界上受到不公正对待的人辩护?工程师、法学家或记者,我们有几个?我告诉你吧,在贝鲁特的医院里、难民营里,我见过不少来自瑞典、荷兰、英国和其他一些国家的志愿人员、护士,他们清楚在内战当中,在疯狂的杀戮中等待他们的会是什么。你一定读到过,有一个护士就在长枪党的子弹下失去了四肢,而她的同事们,依旧待在那里……"

"比她们更多的还是阿拉伯护士……"

易卜拉欣低着头说:"是啊,还有我这样的阿拉伯记者,他们去那些地方,因为他们确信那就是他们自己的事业,他们愿去,去保卫我们自己,而非他人。我们当中,有的人挣工资,我不谈这类人,只谈那些志愿人士，那些把自己献身他人的人。不是唱高调，只谈人道，你在这儿没有见过。可是在那边，我每天都见得到。有十个、二十个、三十个阿拉伯志愿者，一百、二百、上千个游击队敢死队员。这是不是你梦寐以求的阿拉伯主义？"

我大嘘了一口气："我有太多的顾虑，易卜拉欣，希望你别再说了。假若你问我，阿拉伯人都到哪儿去了，我就会问你，那些联合起来的世界无产者去哪儿了？我们不要再闹分歧了。"

为了换个话题，我说："我有个想法。我们俩换个位置吧，你来我这里，生活在左派的欧洲，我去贝鲁特……"

他皱着眉说："为什么我们不从头谈起？我不想生活在这儿。你为什么不来贝鲁特？我没有选择的机会。和谈以来，我们报社没有在任何一个阿拉伯国家设立办事处。我要挣工资，养家糊口，没有别的收入。"

我觉得易卜拉欣不想跟我再聊下去了。他看着咖啡店的一角，不经意地说："如果你在这个国家不认识任何人，我可以给你介绍一个最漂亮的姑娘。"

我随着他的双眼望去，发现伯蕾吉蒂和穆勒尔博士坐在入口处的桌子边。我收回目光对他说："你言不由衷，我敢肯定。别理她吧，易卜拉欣。她刚才的蹩脚翻译就够了。"

他站起身来说："对不起，我没时间谈这个敏感的问题，我是记者，我有我的工作，我想过去跟他们说说。"

易卜拉欣朝伯蕾吉蒂和穆勒尔走去。那个女学生的目光一直跟着他，仍然装着在低头看书。我朝窗口望去，天上是淡淡的云彩，遮住了太阳，河水不闪光，河面翻动着水银般的浪花，天鹅和野鸭在岸边静静地歇着，整个世界一片宁静，可我的心情却难以平静下来……

我和易卜拉欣说过的话，在我心间翻滚。漫无目的，时聚时散，都钻进了死胡同。过去的谜团活生生地显现出来，犹如昨天刚刚发生的事。他为什么跟夏蒂娅离婚？他究竟做了什么事，出狱后也不向夏蒂娅解释？

而她又为什么不能饶恕他？为什么她会自毁前程？折磨我们、毁灭我们的伤痛在哪里？真实的原因是什么？夫妻之间每天发生千百次的细节不值一谈。我记着我们无言以对的日子，离婚前的那几个月，我们就像生活在沙漠里一样。甚至避开彼此的目光，逃离和孩子们相聚的地方。我们斗昏了头，不敢正视对方的脸，视若仇敌？可是，敌人是谁？我怎么了？她又怎么了？在我那出版后就死去的书出版后的一个夜晚，我俩应邀参加一个朋友的晚宴。她对镜穿衣的时候，我一直站着等她。穿完衣服，她的手触到脖子上的项链，那是我在一次出差回来时带给她的。她说："我的女朋友都看烦了这条项链了。她们每个人都有一大把，与自己的衣饰相匹配。我就只有这一条项链。"我长叹一口气，她有意要跟我开战？不至于吧？她突然恨恨地瞪着两眼，两唇颤抖地低声说道，"别说你开通了！别这么高尚……我一不要奔驰车，二不要豪华的套间，有基扎省的小屋，我就满足了，别无他求。"我说："我一直在努力，想让你和孩子都幸福快乐。你知道，为了这套房子，这部汽车，我花光了所有的积蓄。我没去偷去抢吧……"我说这话时，她气得全身发抖。她说："是的，你没偷，可是你在干你的革命新闻工作。出差国外的时候，你攒了外汇，回国后从黑市上兑换。"我说："别人怎么干，我就怎么干。"她高声喊叫起来，一下扯掉了脖子上的项链。她说："你用不着给我上课，用不着！"我抑制着内心的愤怒，说："你并没有拒绝我给你买的任何东西呀。车，你要了，房子，你也要了，对吧？"她指着我的脸说："我从没有跟你要过任何一件东西，我从没说过我是一个革命分子。我也没有向你哭过穷，没跟你讲农民的苦难，没跟你描述过你的革命带来的公平和正义。"她跳到我身边说,"我从未攻击过你的开明。"我这时答复了她……我答复了她什么呢? 无关紧要……没什么……这是否就是一个信号,她将要离我而去? 可能。不久,麦娜就开始实行自己的计划,她开始攒私房钱,到珠宝店买金银首饰,低价买高价卖。有一天,她跟我说,她有份子车了,她已经买了四分之一辆出租车了,这是我第一次知道一个人可以买份子车。后来才会有整车,也可以以分期付款的方式买小块的地皮,这儿一块,那儿一块。

有一次,我骂了她。为什么事呢? 她穿衣服不检点。当时她的女同事们在报社办公室里卖进口衣服、进口的眼镜、小电器,报社的男同事们做开罗和贝鲁特之间的"提包"买卖。我没有骂她,我问过她是怎么变成这个样子的。她一辈子都不看重钱,一辈子都不想拥有什么。她是在报复我! ……为什么? 别人怎么干,她也怎么干。为什么? 什么时候开始空话连篇了? 什么革命、阿拉伯主义、社会主义、公平主义? 报刊上用的语言,讨论会上用的辞藻。这些词语不是生活词语。别人干什么我就干什么……其他的人相信这些吗? ……正义、平等、革命、牺牲,我们生活在上层,有许多福利,看不见什么矛盾。可是,麦娜看见我跟同事在一起说这些好听的词语? 她跟踪监视我? ……你看,什么起义,1月18日、1月19日……人民行动了……末日到了。伊朗国王和萨达特在阿斯旺。想想吧,埃及想在沙漠中替欧洲掩埋核废料。想想吧,这些词语,都是我们说的。我们系着高级的领带,我们左顾右盼,似乎有间谍在记录我们的谈话,每个词都成为一个判决……我们真的搞革命了又会怎样? 我们真的回了老家的村落,回到贫穷的地域,跟亲人们生活在一起,没有柴烧……又会怎样? 都会死去吗? 我们认为,我们该做的都做了:我们在咖啡店开了会,反复讨论,呼吁了,也哭泣了。嘿! 这些跟革命又有什么关系? 这些观念现在有何教益? 坐在欧洲河边咖啡店的先生同每天赤脚走两个小时路的穷孩子有什么关系？这样的孩子走在泥地里，冒着酷暑严寒去上学，梦想着有好吃好喝的乐园……我继续生活在骗人的生活中还有什么意义？我究竟是谁？我为什么没有走下河去？到河中看看白天鹅蠕动着的肚子？但愿潮水能把我带到远方去，远远地离开天鹅、离开野鸭、离开树林、离开高山、离开人类……到深埋地下的旷野去，被埋在岩石之中，隐藏在岩石之中，让苔藓、水草、贝壳、鱼儿把我永远掩盖！

但愿我能永远地消失。

第三章　今晚我要说话

易卜拉欣拍拍我的手，我吃了一惊。他说："你怎么了？"

我下意识地答道："我害怕。"

易卜拉欣大笑。他以为我在开玩笑。他说："那你就别一个人待着。来吧，到我们这边来。穆勒尔博士请你过去。"

易卜拉欣把我介绍给穆勒尔博士和伯蕾吉蒂小姐。博士说话很简洁。我们交谈了一会儿，谈到了我的工作，我在市里的生活和我对该市的一些看法。我竭力集中注意力，切中要点，可是我蹩脚的英语使我陷入了为难状态，最后我选择了沉默。

易卜拉欣继续跟穆勒尔谈话："我有证明材料可以呈交给你……"

易卜拉欣打开了小手提包，拿出一些纸来。他对我简要地说："这些都是一些巴勒斯坦人的情况、黎巴嫩的情况。以色列巡逻队从黎巴嫩南部地区把他们抓走。沙阿德·哈达德帮他们抓的。"

易卜拉欣拿出材料，把他们分类后，交给穆勒尔。他说："这些被绑架的人，有的正在以色列遭受折磨，有些人永远地失踪了。"穆勒尔翻阅了那些材料后抬起双眼点头说道："是的，这是我们职责分内的事，不过，你们是否可以把它转交国际大赦委员会，他们的影响比我们要大得多。"

易卜拉欣说："我们已经呈交了一份给大赦委员会，不过你们作为医生，对虐待人的案件做出证明会更……"

我没有听完他们的谈话。我们坐的桌子离窗户较远，看不见河流。于是我望着蓝天和远处的高山……有件事使我想起了那个孩子，他触痛了我的伤口。或许，我的伤口原来如此，是我有时候忽略了……但是这个伤口我永远忘不了，任何东西都不可能让我忘记它，因为我自己造成了两个孩子的不幸。他俩是我的一切，我的整个生命。这是任何辩解都说不过去的一件事……这件事真的很伤你的心？还是你自己一直耿耿于怀？四五十年了，这孩子仍在你的心上……假如我能弄明白，真正的疏忽发生在什么时候……

伯蕾吉蒂转脸问我："你在想些什么？"

我不在意地答道："我在想，生活真是一场骗局。"

她坐正身子，微微吃惊地说："我倒并不觉得这是个问题。我一直认为，生活太真实了，真实得过分……"

我们又一次陷入沉默。她开始抽烟，全神贯注地看着穆勒尔和易卜拉欣。她大大的双眼中的神情引起了我的注意，正是记者会上她见到彼德罗弟弟时的表情。一对蓝色的瞳仁飞快地转动，眼睑不断地抽搐着。她使劲抽烟，嘴上带着微笑，试图抑制内心的情绪。我第一次在近处看她，发现她的面庞较宽大，鼻梁高高的，嘴巴略大，宽宽的前额，但五官端正，搭配得当。秀丽的金色浓发，从中间分开，然后编成一个大辫子，挽在脑后，白皙的脖子长长的。她的微笑毫不做作，整个面容极其自然。我想弄明白我怎么会产生这种感觉。可是我弄不明白。

这时，穆勒尔博士对易卜拉欣说："我们必须派出一个调查委员会，其实，我们的组织财务拮据，全靠会员的赠款。而会员又多数是老人……

也就是说，即使我们能够筹到一笔款项，也还有问题。我们派不出人，派不出年轻的、能够办事的人……"

易卜拉欣说："那么，你们可否同别的组织合作？"易卜拉欣列出一些组织的名称，它们在黎巴嫩都有办事处。看起来他想抛开穆勒尔了。他们的谈话，我插不进去。于是，我转向伯蕾吉蒂，轻轻地对她说道："穆勒尔在记者会上说，你不是职业翻译。"

她凑近我的脸，在我耳边絮絮叨叨地说："我要是职业翻译，就不会把记者会搞砸了。"

她很遗憾地摊开双手，微笑了。

我说："你干得不错，是这次记者会最人道的举动。"她收敛了脸上的笑容，板起了面孔。她说："不，我干得不比别人好。我……很差……"

我惊奇地说："你不必为此感到遗憾。"

她耸了一下双肩说："我不好表现，我想让人看到真实的我。"我说："你不喜欢欺骗，对吧？"

这时，我想变一个话题。于是，我指了指她的着装："你是空姐吗？"

"不是，我算是另一类服务员吧，我是导游。"

我当时竭力想为了我也为了她多谈一些什么，以免再次陷入无言以对的尴尬境地。我问她道："你喜欢导游工作吗？"她笑了："不是我选择的工作。作为一个外国人，它是我唯一可能在这个地方做的事情。因为我会几种语言。"

我想再找点儿什么别的话题说说，可是，没有找到。我靠在椅子上，哑口无言了。她注目看着我，然后也改变坐姿，重新点燃了一支烟。

穆勒尔停下跟易卜拉欣的谈话，有点儿生气地对她说："够了，别老抽烟，伯蕾吉蒂。"她俯身拍了拍他的手说："博士，别生气，我在干活儿时绝不抽烟……"她大笑起来，接着说，"旅游车里禁止抽烟。"

我又一次看到，她笑的时候，或者嘴唇咬动时，下巴和眼角白皙的面皮上出现对称的细致的皱纹。这正是她脸上常常挂着微笑的原因吧。我仔细观察她,心里在问:"这表情怎么来的?"

穆勒尔跟她用法语说话,我只能听懂个别单词,猜测到他们谈话的意思:"这难道是惩罚?这可不好,伯蕾吉蒂。"

易卜拉欣冲着她像对一位老朋友一样热心地说:"伯蕾吉蒂,你是德国人还是西班牙人?"

"两者都不是,我是奥地利人。"

易卜拉欣说:"可是很清楚,你的西班牙语棒极了。彼德罗有时说话很快,声音一直很低,可你翻出来了。你在哪儿学的西班牙语?"

"在大学里学的。"过了片刻,她补充道,"西班牙语是我丈夫的母语。"

我似乎感到她说这话时语调有些变化,而易卜拉欣脸上露出了惊异的神色,他接着说:"你丈夫是西班牙人,还是拉美人?"

她声音里掺杂着挑衅的味道,冲着他说:"他不是西班牙人,也不是拉美人。他是你们非洲人,更确切地说是赤道几内亚人。"

易卜拉欣问道:"赤道几内亚人也说西班牙语?"

我清楚易卜拉欣是没话找话。伯蕾吉蒂有点儿紧张地说:"你是一位记者,也来自非洲,你不知道他们那里也说西班牙语?"

他退让一步说:"对不起,我的意思是,赤道几内亚是个小国,我没有遇见过几个那里的人。"

这时我插话了,目的是帮易卜拉欣。他脸都红了。我说:"你介绍介绍那个国家的情况吧。我对赤道几内亚很生疏。你去过那儿吗?"

她皱了皱眉,犹豫了一下。但是,她很快控制住自己,脱口说道:"你打算去那儿吗?我当年想去时,他却跟我分手了!"

她惶惑地笑了。接着大家谁也没再说什么。我有点儿神情紧张,于是,我想起身。这时,易卜拉欣说:"听你说你是导游,我这次是初访本市，你有什么建议？"

伯蕾吉蒂伸手拿起放在桌上的手提包，从中取出一张小卡片。她把卡片递给易卜拉欣，说道："照这上面的地址直接去找我们的公司，也可以在电话里预约。当然，如果我做你的导游，我可以特别关照你。"

我们都笑了。可是穆勒尔却狡猾地说："我以为易卜拉欣宁愿由你导游，而不是你的公司。"易卜拉欣止不住笑了，他说："是的，不要公司，也不要公司的指点。"

然而伯蕾吉蒂突然不笑了，她看了一眼我们三个人，然后稳重地对穆勒尔道："博士，你看，我说对了吧……"我们又都笑了，好像什么也没有发生。谁也不必捅彼德罗的痛处，谁也不去杀害他的弟弟。我们没有必要装出另一副面孔。

她只盯着穆勒尔看，似乎忘了我们的存在。我对她的表情一直捉摸不透。她满脸的呆板，好像有一个面具盖在脸上。这是一个什么样的面具呢？因为悲伤？因为冷酷？两者都不是，那又是什么？她用手托着腮，把脸转向一边，不跟我们面对面了。我心里说：面具掉下来了，她要哭了。穆勒尔也看到了这一点，扬手对她说道："伯蕾吉蒂……"

她红着双眼，转脸看着我们。不过眼里没有泪水。她挑战似的对穆勒尔说："别担心。"

接着，他用手指着我说："我不过是想对这位先生证明，谁爱受折磨，谁就自己去承受折磨。我不想折磨自己。参加记者会的人，都不折磨自己。只有彼德罗在受折磨。"

她用手敲着桌子，望着穆勒尔："博士，无论是医生委员会或是记者会……"

穆勒尔失望地说："你的意思是让我们都停止工作？"她眼睛看着别处，轻轻地说："我不是这个意思。"她看着我和易卜拉欣说，"我也不是说你们二位，对不起。"

空气变得有点儿沉闷，让人迷茫。易卜拉欣看着我摇摇头，示意我们该走了："你为什么这样说呢？是我们该向你道歉。"

他两手扶着椅子上的把手，准备站起来。他说："我和我的朋友，无论如何都该走了。"

但是，她伸手拦住我们，坚持地说："你们再待一会儿，如果可以的话。"

于是我们只好留在原处，心里有点儿不安。伯蕾吉蒂却不再理我们，低下头，不再说什么。穆勒尔看着伯蕾吉蒂脸上掠过一丝捉摸不透的紧张。伯蕾吉蒂竭力控制自己的情绪，坐在椅子上，直着身子。我想：她为什么不哭出来呢？哭出来就舒服了。难道她跟我一样，不能哭了？我早就不能哭了。她什么时候也不能哭了？我最后一次哭泣是几年前的事了。离婚之后，我把自己关在旅馆的屋里，手里拽着离婚证书，读着那几句永远使我和麦娜断绝关系的句子时，我哭了……我情不自禁地哭了……大哭不断……痛苦伴随着快乐……我求婚时偷吻她……哈立德出生时她脸无血色，躺在活动床上，被人从产房推出来，无力地抓着我的手，虚弱地对着我微笑。她说："我知道你想要男孩。"在房门口，她踮着脚尖说："不要从自由市场给我买任何东西，我什么都不要。"她坚定地说："我就要孩子……"什么时候教育孩子的事让你操心了……这一切都发生在瞬息之间，伴着眼泪。我为自己哭泣，可怜我自己，可怜哈立德和哈纳蒂……我现在不说那次的哭泣了。我说的是哭彼德罗，哭他的弟弟弗里德，哭烈士子弟，哭伊斯梅利亚城里被英国人枪杀的警察，哭受法国人虐待折磨的阿尔及利亚游击战士贾米拉·布哈立德，哭刚果被杀害的卢蒙巴……我说："这些事都过去了。几个世纪以来发生的事……我早已失去知觉了？什么时候失去了知觉？干脆说我忘了吧。不关你的事，伯蕾吉蒂，也许你是对的，谁受折磨，就让他一个人承受折磨吧！我们为什么要装？"

此时的她,笑了。笑得跟平常一样。她重新抽出一支烟,歉意地说:"博士,请你原谅。"

大夫耸了耸肩,俩人又用德语交谈了几句。

说实话,穆勒尔对我们不无责备,以近乎悲哀的口吻说道:"她认为我应该对本市发生的一切承担全部责任。她父亲是我的一位挚友。青年时代,我们一同参加西班牙内战,从此不再分离。他希望伯蕾吉蒂学习法律、继承他的事业。但是,她选择了文学,是她求我说服她父亲的……"这时,他转脸对她说:"伯蕾吉蒂,谁想到会是这样子呢?假若你当初学了法律,那你今天就不会在这里了。你会同你爸爸一块儿工作。也许他退休后,你已接了他的班。"

伯蕾吉蒂说:"博士,我很满意这儿的工作,这比埋头法律、抄写案例胜过一千倍。我愿留在这儿,不愿回国去。"

易卜拉欣开玩笑地问道:"你不想念祖国?"她手一挥说:"一点儿也不想。"

易卜拉欣又问我:"你呢?"

我用阿拉伯语回答道:"你饶了我吧,易卜拉欣,这儿不缺我。"

易卜拉欣已经恢复活力,不再跟我逗乐。他对穆勒尔说:"你参加西班牙内战时支持共和党人,对吧?"

穆勒尔点头肯定。易卜拉欣深深地吸了一口气,他端详着穆勒尔。我以为他一定会问几十年前的那场战争的事。我们没经历过那场战争。我们从书本中了解那场战争。战争让我们想要一个新的世界,联合起来反对独裁、反对黑暗的世界。我们的梦想破灭了,只剩下一些符号……这些符号在我们年轻的时代曾经使我们热血沸腾。我心里想:易卜拉欣或许会问穆勒尔他在那场战争中,是否见过那时的风云人物……可是,没想到他却问我:"也许你可以给我们讲一个精彩的埃及故事吧?"

他指着我说:"我的朋友说,欧洲的左派、世界的左派都死绝了。

这话对不对?"

穆勒尔哈哈一笑,说:"我怕回答不了你这些问题了。我早已不再关心政治了。"

伯蕾吉蒂说:"博士,你没发现这样会更好吗?"

但是,易卜拉欣不理睬她的干扰,提议道:"为什么?你去西班牙打仗的时候,恐怕是一个马克思主义分子吧。"

穆勒尔耸耸肩,像是想说点儿什么。我突然对易卜拉欣说:"也许我得说明一下。1968年我在欧洲,当时发生了入侵捷克斯洛伐克的事件。我那时跟踪各国共产党的辞职风潮。许多人那时都同他们看法一致……"易卜拉欣憎恶地打断我的话:"入侵捷克斯洛伐克?那些欧洲的同志太敏感了!有多少人死在这次入侵之中?一个还是十个?你听说过智利的机关枪转动着,屠杀了成千上万的共产党人时,哪个资本家辞离资本主义呢?在那之前,印尼的河流被死于非命的人们的鲜血染红的时候,又怎么样呢?真的入侵捷克斯洛伐克了?"

我不动声色地说:"你看,你也同意我的看法。穷国的鲜血无足轻重,即使是千百万人的生命,而捷克斯洛伐克就是另外一回事了。"

我说这话是想改变一下气氛,穆勒尔在听着易卜拉欣讲话时,首次激动了。他紧皱斑白的双眉:"先生,我没有看见入侵捷克斯洛伐克,可是在此之前,我亲眼目睹了入侵匈牙利。那时我凑巧在匈牙利。事发之前在那儿行医,做志愿者……我看见坦克、看见被杀死的人……俄国兵真可怜啊,他们以为自己在罗马尼亚。他们的领导人欺骗他们,对他们说他们是在塞得港那儿同英国佬交战。"

我没有继续听他们的谈话。他们谈的事与我无关。我看见易卜拉欣做着刚才还在骂我做的事。他热情满怀,二十五年来他都是这个样子,对二十五年前的事情激动不已。我听着他说起塞得港战争。他扬着手,面红耳赤,似乎那正是英国战舰围城的时刻。我看见老大夫的激动，无不有过之而无不及。他在说布达佩斯，满口唾沫飞溅。我听见了纳赛尔、斯大林、尼赫鲁、赫鲁晓夫和其他人的名字，还有恩克鲁玛的名字，但不知道是什么原因，他提起这些人的名字……

我转脸看着伯蕾吉蒂。开始时她眯着眼睛，静静地听他们的讨论，后来她渐渐地变得冷漠了，不停地吸烟，慢慢消失在烟雾中。但是她还时不时地看看穆勒尔，眼神呆板，这使我疑惑不解。后来，她盯着正说得滔滔不绝的大夫，却避开了他的双眼。我感到他说话的声音，他全身都紧绷绷的。伯蕾吉蒂似乎跟我有同感，便转脸看着别处，颇感懊悔。她和他有什么相似之处？她不愿接受他想给她父辈的关爱……这种气氛怪异，让我更加莫名惆怅。

突然，穆勒尔引起了我的注意。他说："对不起，我这样问你，请你不要误解我。你朋友说你是纳赛尔分子。我是钦佩纳赛尔的。你认为民族革命时代结束了吗？"

可是，大夫现在想说什么啊？让他们都这么注视着我，好像我正在替他们解这一道与他们命运攸关的难题。

他们两个人和我不喜欢的易卜拉欣唠唠叨叨有什么意义？我有什么可以说的？他们或许想听我说一说麦娜。我想的都是她。不，不，连她我也不想。我跟她生活这么些年了，我究竟知道麦娜什么？我说："博士，原谅我，我现在与你一模一样，不关心政治了。其实，我原本就对政治一窍不通，幼稚得很。有一段时间我有错觉，以为我懂政治，现在我明白我错了。"

易卜拉欣生气了，他说："我们俩在编辑大厅里长时间争辩的理论都哪里去了？推动了历史的民族主义者们的思想都哪里去了？你说过的话，什么西方人靠民族主义使自己国力强大，然后在今天拿来反对我们搞统一，不想让我们也强大起来的话哪里去了？现在你怎么不说了？什么我不知道，我不理解，我错了……为什么要蔑视自己？你以为看不起自己还会抬高自己吗？或者你认为自己确实已经死去，对吗？要是这是对的，那你为什么不站出来投江呢？"

穆勒尔又惊又怕，他说："易卜拉欣先生，不要这么粗暴。也许你的朋友不想说话，不要这么粗暴。"

我对大夫说："没事，我们早已习惯这么争吵了。"我转脸对易卜拉欣说："我说的都不对。我今天仅仅发现一件重要的事情，或许由于彼德罗·伊巴尼兹，或者由于你的缘故，或者由于伯蕾吉蒂和麦娜的缘故，我发现我是骗子。"

易卜拉欣忍不住说："我们又一次唱老调了。"

可是，我不生气了，不生易卜拉欣的气了。他不可能激怒我。我一直没有参加谈话，没有生气。我只是突然感到有些累。我站起身对易卜拉欣说："我累了，我该走了。你可以送送我吗？"

易卜拉欣有些局促不安，他说："不，我知道去旅馆的路，而你……因为我使你生气了，你就要走？我希望你明白……"我极力露出一丝微笑，对他说："不会的，明天我将路过你的旅馆，我们继续这场辩论。明天，我等你！"

我跟易卜拉欣握手告别时，伯蕾吉蒂突然站起身，坚定地说："让我跟你一起走吧。"她弯腰拿起自己的手提包，对易卜拉欣扬扬手，然后轻轻地在穆勒尔的前额吻了一下。

在车上，伯蕾吉蒂坐在我的身边。随着她的引导，我们走近道回到了家。因为我们走出咖啡店时，她就问明了我回家的路线。当时，我说我回家。她要求我把她送到最近的一个公共汽车站或出租车站。当我表示我会送她去任何她要去的地方时，她也没有异议。在路上，我时不时从反光镜中审视她的表情。我看见了面具，隐藏她内心情绪的面具。我想说点儿什么，我几乎脱口而出了：姑娘，你拥有全世界，别跟我一样自暴自弃。回到你丈夫身边去吧，如果你还爱着他。这就是你脸上万般愁绪的根源。我左右思量,又觉得不该打破她的沉默。最后,我在她家楼前下了车。那是一个宁静的小区。她建议我上楼喝点儿什么。我对她说,我累了,要回家休息。这次我没有说谎。她抓住我紧握方向盘的手,微笑着说:"来吧,我给你做解乏的咖啡。如果你乐意,就来吧。"她的笑容挂在脸上。

她在前引路,走进两旁镶了玻璃的楼道。她步履轻快。我从两侧审视她蓝色的衣服,修长的身材。跟她比较,走在后面的我就成了显眼的对立面,犹如春与秋、昼与夜的区别。我对自己说:"来吧,易卜拉欣,我就爱损自己。"

套间在十层。一间宽大的房间,家具零散地摆在周边。房间中间更显空旷。门的左边有一张长沙发,夜间可以当床用。沙发边上有两把椅子,椅子中间有一张竹桌子,铺着一块绣着红黄玫瑰花的桌布。尽头处有个隔墙,墙上挂着一张女人的照片。她身穿镶金边的白色连衣裙。一把淡红色的扇子遮住半边脸。从房顶上垂挂下来一个白色的纸球,裹着唯一的罩灯。伯蕾吉蒂离开我,闪进帘子后面,那是厨房和浴室。水龙头的流水声传出来了,她高声地说:"一会儿我就来,你自己先歇着,像在自己家一样。"

我在空旷的房间里转了一圈。在屋子阳台边的一角,发现了书架,上面放着一台收录机和一些流行音乐的磁带和几本书。从书目看出来都是些德文版和英文版的侦探小说。书的封面破旧,有本书封面上是一个被宰杀的瞪着双眼的女人,另一本书的封面是一个蒙面的持枪男人,枪口冒着烟。书中还有一本德文版的海涅的诗集和西班牙文版的罗尔卡诗选。这时,传出来伯蕾吉蒂的声音:"你找不出什么让你感兴趣的书。"

我转过身,她从小桌子边走过来。桌子上放了两杯咖啡,她已脱去外套和鞋子,穿上了白色的上衣、蓝色裙子和室内用的软底鞋。

我坐下后指着隔离墙正面的照片说道:"你从哪里学来的这些日本观念?"

她哑然一笑:"我没什么日本的、中国的观念。我住在这屋里,什么也没有。最廉价的装饰莫过如此。"

她把咖啡端送过来。我问她:"在这儿幸福吗?不想回国啦?"

她点头表示肯定,像小学生答问一样:"是的,我在这儿确实幸福,不想回去了。"

她看着我说:"你呢?你朋友问你这个问题,你拒不回答。你在这儿快乐吗?"

"不,不快乐。"

"你若回国去,会比现在好吗?"

我稍作思考,搔着前额说:"问题不那么简单。我跟你一样已经离婚。我的家就在这儿。可是你不一样,你还年轻,可以从头再来。"

我说不下去了,她说:"对不起,我不懂你的意思。你的朋友或许说对了,你在折磨中寻求幸福和快乐。"

伯蕾吉蒂发觉我不想谈了,便把头枕在手上说:"不必介意,你想喝点儿什么?"

"我们不是在喝咖啡吗?"

她放下咖啡,再次走到隔墙后面,拿回来一只高脚杯,摇晃了一下,回坐到我对面。这时候只能听到杯中的冰嗞嗞融化的声音。我突然不假思索地脱口说道:"在咖啡店时有件事使我费解。穆勒尔博士……对不起,问这个问题。我是说,你俩谈话时,好像你俩……"

我结巴起来,没有说完我想说的话。

她喝了一大口酒,然后放下高脚杯。蓝色的双眼望着我的脸。她脸上的微笑使她下巴上和脖子上的皱纹隐隐抽动。她说:"我们之间的事很多,他追求我妈妈。"

她像被蛰一样猛然往后靠。我含糊地说:"我……很抱歉问你这个问题。你不对我保密,为什么?我想……"

她仍然微笑着说:"为什么保密?你说你讨厌欺骗嘛。"

"我没说。我是说我自己生活在欺骗之中。"

她起身在房间里踱步,手里端着高脚杯,摇动着,朗朗地说:"我认为你说过。我也在你脸上看出来了。"

"饶了我吧,你为什么不保密?我们刚相遇,我怀疑你至今也还不知道我姓甚名谁。"

"你不是问穆勒尔博士吗?"

"是的,一个不经意的问题,一个错了的问题。我们是陌生人,我不想知道任何机密。"

她停步注视着我,说:"这样会更好些。人们习惯对朋友保密,可是不对陌生人保密。在火车上、在咖啡店里什么都说,这是不成问题的。问题是我要你开口说话,就在这个晚上。你对我还不一样?"

"我一直在说话呀,只不过对自己说而已,我满脑子都是没完没了的话。"

"我也是,可是我厌烦透了。"

伯蕾吉蒂走向沙发,但并不坐下,而是坐到了地毯上,空着的一只手从头上扶着沙发。双唇又抿了一口酒,把杯子放到了身旁的地上,然后慢慢地散开脑后的发辫。太阳照在她的身上。我看见白云正缓缓涌向西下的太阳。伯蕾吉蒂开始轻柔地说开了,并不在意我是否在听她的述说。

"昨天,穆勒尔来了,我已经有许多年没有见到他了,于是,一切又恢复原样。我还是伯蕾吉蒂小姑娘。我们住在一起,住在西方的小城市里。我是唯一的女孩儿,我从小就不知道父亲长什么样。他们给我描述过年轻时的父亲。我不明白是什么热情驱使他走向西班牙的战场。我那时还没有出生。二十年后的现实我见到了。据说，他是个律师，很能干。他只接办疑难案子，多数是输定了的案子，他为穷人辩护，为工会辩护，只收取很少的费用。他纯粹是为了消灭人间的不平，肯定法律的权利。我长大后突然意识到，他是想抵偿西班牙的失败，让法律获胜。为全世界被迫害的人，为奥地利被迫害的人获胜。但是，很遗憾，结果是一次又一次新的失败。他的运气并不比西班牙的战争好多少。胜诉的事主开始回避他，最后干脆抵制他。工作这么多年了，仍然住在祖父传下来的房子中，靠微薄的退休金和工会的补贴过日子。不过，我仍然记得他那种全力以赴的工作劲头，他完全把我和妈妈忘在脑后，整天趴在办公桌上，待在法庭上。我很小就觉得他肯定失败，很可怜他。我简直像他妈妈，而不是他的女儿。我给他送咖啡、橘汁，坐在他面前，长时间地监督他。他呢，读呀、写呀、抓抓头皮。看见我待在跟前，他惊奇地问我干什么？为什么不去玩儿？不去睡觉？我走上前，亲吻他的面颊，要他给我讲故事，然后我就走，就去睡觉。他显得烦躁，因为我碍事。他搂着我，开始编故事给我听。他的故事总是正义、善良取胜。记得他讲过一只鸽子的故事：一只鸽子被邪恶的狐狸追杀。鸽子最后靠一群飞鸽的帮助，战胜了狐狸的种种阴谋诡计。是的，我父亲既没赢得战争也没赢得法律。可是他的可怜事主总是不会失败。我叔叔穆勒尔就不一样。他是个好医生。他常来我们家，不管我父亲在不在他都来。我爸不在的时候他来得多。他常常带给我糖果，抱我、吻我。我妈妈身体不好，他常问妈妈身体怎么样，他抓她的手腕，抚摸她的前胸，带她到屋里去检查，有时还一起出门。我当时八岁。他来的时候，我给他开门，他给我糖，我就扔，我开始用小拳头打他，踢他的双脚，嘴里喊着：'你走，你走……我不要看见你，不要你的糖，我不喜欢你。'他默默地站着，我妈妈站在我的身后，用手捂着嘴，圆睁双眼……后来，穆勒尔不来了，但是我妈妈却常常出去……"伯蕾吉蒂沉默了一会儿,接着说,"我妈妈去世前一直这样,她后来去了疗养院,也死在那里。"

我仔细地听她述说,生怕漏掉一个字。昏昏沉沉的我清醒过来了。她的话钻进我心里,使我内心充满忧伤和同情。我差点儿起身坐到她身旁去,告诉她我心中的痛苦,不说谎,不傲慢,不隐藏内心深处倒塌了的防护墙后面的一切。可是我什么也没有做。我呆板地看着她。她已经解开了发辫,金色的头发披在右肩,她开始用手指梳理头发。我还没有找到话说,就听见她冲着我咯咯地笑了起来。她说:"这些都是孩童时代的记忆了,时间让我学会了宽恕我的妈妈,我理解她。所以,我也宽恕了穆勒尔。"

过了一会儿,我说:"他真的老了。"

她附和着我说:"是啊,他真老了。"

她伸手握住遗忘了的酒杯,送到嘴边,然后重新放下杯子,提高嗓门说:"你听着。别对自己说谎,别对别人说谎。别的事情都是可以原谅的,这不正是你说的吗?……我想说,错了就勇敢点儿。人应该知错就改,不再接着骗人。"

我不明白她的意思。她是说我,还是穆勒尔?什么过错,我要改正?还有时间吗?……我不答。我接着说穆勒尔:"他也许现在为自己的过错赎罪了。他已经这把年纪了,还在帮助别人。"

她嫌恶地说:"真的在帮助别人?"

"不是吗?他现在,在这一刻里,他所做的一切,不是……"

她愤怒地打断我的话:"什么不是!我跟你说:假若不是这些委员会,这些可笑的事情,我几乎已经原谅他了。"

她突然站立起来,双手抱在胸前,在房间里大步走动起来。我怕了,好像我并不在那儿。我想抛开这个故事,离开这个地方,一走了事。可是,她在我面前站住了,平静地说:"是穆勒尔毁了我的一生。"

我惶恐地说:"他当时一直跟着你……我是说你俩,你成了他的……"

她淡淡一笑,打断了我的话:"情人?……不!胡扯!他穆勒尔……我说过,他用他的方式帮我,结果却毁了我的一生……我是说,你帮不了一个溺水者,却偏要把手伸过去拉他?……你为什么想赶紧淹死他?为什么又装?一次、两次、一百次……直到成为你的职业?"

傍晚了,她没有打开灯。在黑暗的房子里,她述说自己的故事。她又在房间里走动起来,边走边说。有时候,她在我身边坐一会儿。然后,她站起身坐到沙发上,或坐到地毯上,不停地说。她现在出现在另一个人的面前,一直想说话的她,碰上了这个人。她这一席话,已经闷在心里许多年了。一次又一次,泪珠在她的双眼滚动。不过,她今天没有哭出来,至少,在我的面前她没有哭出来。

我走出房间前,她打开了灯。我们都吃了一惊,好像从梦中醒来了。在打开的房门边,我扶着她的双肩,吻了她的前额。

她俯首吻了我的面颊。她说:"谢谢你。你不会知道,你送了我一件多么美好的礼物了!"

她握住我的手说:"今天是我二十七岁生日……"

第四章　一只脆弱的蝴蝶

步入青年时代,我进入文学院,钻研外国文学。托尔斯泰的小说《安娜·卡列尼娜》的开篇之语使我困惑:幸福的家庭彼此相似,不幸的家庭千差万别。我曾常常追问自己:这部名著的作者怎么用这句格言开始写这部小说呢?

现在,到了暮年,我终于醒悟,托尔斯泰完全正确。我不了解更多的幸福家庭是否欢乐相似,但是我知道,不幸像是生命中的伤疤,幼年时代有了,就会终身相伴。而伤疤是彼此不同的。我要问我自己,即使伤疤不一样,铭刻在我们心上的东西,不就是我们彼此识别自己的一个标记吗?我们也是彼此相似的。

为什么伯蕾吉蒂对我述说那一段经历?我是那位莫名的过客,听她说自己的隐私,她就能使自己得到解脱,还是她故意的选择,她在算计我?

她的过去,离我那么遥远,怎么会深深地进入我的心底?她为遭受挫败的父亲、为自己、为她的非洲丈夫悲痛万分,她言辞恳切,引起我的同情……她了解你远离尘世的过去,她也可能理解你有朝一日向她述说你自己。你能够看清楚一个遥远的世界,像我一样。一个小小的村落，不会跟上埃及边远的穷村子一样的。可是，那儿有一个孤苦的孩子跟他的父亲相依为命。

我不会向你叙述我的过去。我确信我不能逃离那双眼睛。孩子的双眼从早上开始就跟着我，忙忙碌碌的一天即使我累倒也无济于事。躺在床上，翻来覆去的，仍无睡意。问他什么都不管用，追我一辈子没有用……我学了什么课程？光阴过去了，学了的课程有何用处？……你是否教给我点儿什么？求我点儿什么？究竟是什么呢？

是的，我看见你，看见你带着那孩子来了。一个孤儿，四岁时母亲死于疟疾。也还记得她的脸，惨白如蜡。满脸泪水，牙齿哆嗦发出咯咯的响声。全身颤抖着要喝杯水。他看着他的爸爸托着她的头，扶起来给她喂水。她不再抖动了，头靠在他的身上。他至今还记得她的两个黑眼珠在眼白上游移。他看见他爸爸把枕头垫上，她脸色发黄，没有血色。突然从黑衣服里直起身子，双手摸着孩子的双肩，惊愕地说："完了，孩子。"他只知道害怕，看见女人们哭喊着，扬起面纱，冲进屋里，他把脸藏进父亲的长袍。

你上学的第一天来到我身边。你引为自豪，第一次穿上了制服。他仍然记得，父亲陪伴着他到市里最远的学校上学。老师要他走出教室，找他爸弄些粉笔或墨水，或者弄张吊挂在黑板上的地图时，他高兴异常。而当父亲让我在周末学生和教师都离开学校后帮他干点儿事时，我也非常高兴。爸爸卷起长袍往腰上一系，挽起袖子，一直卷到双肩。我抬起水桶，跟随着他，一个班级一个班级地蹲在地上用破布擦洗地板，我何曾感到羞耻？……当一位老师看着手表大喊大叫：你喝醉酒的爸为什么还不敲钟？……去，去叫醒他！学生斥责我，尽管我们没在门厅里吵架……那时候，我们几个穷孩子，在学校是少数，多数都是乡下地主的子弟和市里职工的孩子，他们以辱骂我们为乐。我们虽然品学兼优，但是敌对情绪在增长。我们之中，有学业优秀者，掩盖了穷困。而我怎么办得到呢？我极力隐藏我各门功课得的高分。我父亲退休后我还在小学上学，我的绰号在几代教师中代代相传。来一位新的教师，他就在学生名单中问同一个老问题："你爸爸是干什么的？"好多学生抢着替我回答："学校的清洁工。"于是，这个老师就知道了。我知道他因此总会无缘无故地骂我、惩罚我……多少次，因为我父亲的事，他们侮辱我，我就跟学生吵架。多少次，我揍他们，他们揍我，彼此打得血流不止。我从不告诉我爸……后来，在报社、在社盟，我为我有这样的老爸极感自豪。在麦娜面前，我们初次相识，我就自豪地告诉了她。我告诉大家，我爸是学校的清洁工，是他省吃俭用，攒下每分钱让我受教育，让我上大学。但是，这些话治愈了我心灵上的伤疤吗？清洗掉了我蒙受的耻辱了吗？……也许吧……当年的总统也是一个穷人的孩子，跟我们出身一样。当贫穷不再是耻辱时，每次填"家庭情况表"的时候，我仍然感到羞耻。当哈立德中学毕业后想报考军校，我告诉他祖父的职业的时候，我仍然感到羞耻……所以，为什么要装？……为什么要骗？……穷人的乐园没有了。今天再没有穷人的乐园。那是一个应该忘掉的骗局。

　　易卜拉欣，真的，我损我自己，我感觉舒服。易卜拉欣是对的……你受这些观念折磨的时候，怎么有睡意呢？……你为什么不多想想你干的好事呢？……为什么不想想你决定宣布你的贫穷，而且以穷为荣，克服由于贫穷受辱的那份感觉呢？你并不像那些因为家庭贫困就朝思暮想弃家出走的人，千方百计隐瞒自己的出身。为什么你不想想在政变后，你不与报社同流合污的事？为什么你不提及有人悄悄对你说：给总统发封支持电……总统为你高兴，知道你是电报起草人。写一篇社论反对权力中心！当时我礼貌地告诉他，我绝不发什么支持电，也绝不写什么社论。你清楚，他会传出去……你不发表张扬自己的话，你只想让他们知道，你不出卖自己。于是他们明白了，而你付出了代价。

为什么你不说，你被麦娜甩了后，没有自暴自弃……你在失败的爱情伤痛中没有倒下去？你不诉苦、不求补偿……你千方百计自救，不掉进悲叹的深井去为自己潦倒找借口？

这些你都不愿原谅我，易卜拉欣！我努力了，易卜拉欣。可是现在说这些又有什么用？……那孩子何时让我跟他和解？什么时候会离开我？……要是我能入睡就好了……

但是，他没来。我睡了一会儿。噩梦惊醒了我，是什么梦我想不起来了。于是，我坐在床上，极力克制自己，不站起身，也不抽烟。医生警告我不能再抽烟。医生为我体检后，忧郁的脸色出现在我的眼前……他警告我再抽烟就不要去诊所找他！我还记得血压升高时剧烈的头痛感。我抽烟的欲念平息了……可是仍然睡不着觉。

那么谈谈诗吧。为了能够入睡，我尝试着回忆我背诵过的诗句，从蒙昧时代的诗歌开始。因为你喜欢蒙昧时代的诗人……今夜不是蒙昧时代诗人之夜。他不会有何裨益，不记得蒙昧时代的诗了。为了不去想麦娜，我们读穆泰纳比的诗吧。可是，他也跟我一样彻夜难眠。不要他，他不会带来睡意。那么，读谁的诗呢？布哈特里的诗？[1]……让骆驼下跪？在夜晚就大可不必了。萨拉哈的诗？我们需要一位平心静气的诗人……祖海尔？[2] 欧麦尔·本·艾比·拉比尔？[3]……艾哈迈德·绍基？[4] 谁……谁……一位快乐的诗人，好心的诗人……蒙眬中，我告诉他，我约了一个记者，我马上过去带他一同赴约。

我约了伯尔纳。他是我应易卜拉欣的请求约见的当地第一位同仁。我跟当地新闻界同仁的关系平淡如水。我们只在公开的会议上见面。我很快就发现当地的情况不一般。当你邀请你认识的人来家访时就会

---

[1] 布哈特里（820—897），阿拉伯阿拔斯时代大诗人。
[2] 祖海尔（？—662），阿拉伯蒙昧时代诗人。
[3] 欧麦尔·本·艾比·拉比尔（664—711），阿拉伯伊斯兰时代诗人。
[4] 艾哈迈德·绍基，埃及近代大诗人，有"诗圣"之美称。

明白，他们跟别的地方的记者不同，他们不喜欢没有社会价值的关系。我不是什么重要的信息源，跟有权有势的人没有关系，他们求不着我。我陷于孤独，犹如被流放、被惩罚，没有出头之日。

可是，伯尔纳却不邀请我去他家。他与众不同，甚至他外貌也不一般：衣着过得去，谈不上标新立异、独具特色。他是一般的记者，着高领衬衫，打蝴蝶结领带，穿高级布料上装……但是，他的上衣略显宽大，似乎是为了掩盖他突出的啤酒肚。我在接待记者的电视节目中，从未见过他的身影。他若在场，不会不抢镜头，高谈阔论，风度翩翩。他没有时间，他是鳏夫，抱养了一个越南难民的孩子，他既当爸又当妈。

在我们踏上约定会面的咖啡店的路上，易卜拉欣开始整理小皮包里的文件。我默不作声，但是咖啡引起的那种兴奋，使我已经毫无失眠后的倦意。我无意开口唠叨。易卜拉欣谈起他的工作。他询问当地报纸的倾向，了解什么报纸可以帮他。显然，他有所图谋。

见到伯尔纳后，他颇感失望。

我们在他住所对面的咖啡店里会面。那是记者约会的地方。咖啡店老板娘在咖啡店摆了一些著名作家的相片。她本人站在他们身边，手搭在一位记者肩上。堂前挂着一幅油画，陈旧且不高雅。画上是一个丰满的女人，身穿透明的上衣，右手握一根白色的羽毛，左手托一个天平。

伯尔纳做出交际的姿态，我向他介绍易卜拉欣后，他说："从黎巴嫩来吗？你一定有新的消息。"

易卜拉欣端详着他。我以为他不会答复他，然而他却平静地说："你想知道什么？"

"我想知道通常人们想知道的新闻，想知道黎巴嫩内战的秘密，想知道黎巴嫩的一切。"

"没什么特别的新闻。你知道以色列在黎巴嫩南部建立了一支武装，同时在黎巴嫩北部支持长枪党人。目的是继续战争，对不对？"

伯尔纳点头称是："问题不那么简单吧？黎巴嫩人不会像木偶一样任人摆弄。黎巴嫩方面一定出了什么问题。"

易卜拉欣不加评论。他说："以色列的巡逻队抓了不少巴勒斯坦人。"随后，他从皮包里拿出来一沓整理好的文件，对伯尔纳说："看看这些文件吧。这是黎巴嫩司机赛义德被抓的案子。以色列士兵在塞达市以南扣押他开的救护车，认为他是一个恐怖分子，因为救护车是巴勒斯坦新月会的。他们蒙上他的双眼，把他塞进一辆军车，弄到以色列。他们用棍棒、枪托打他，他的腿骨骨折，不能行走。他还受过电刑，像昨天彼德罗说的情况一样。这些就是他胸部受电刑痕迹的照片。当然别处也有伤痕，还有一张医生证明。"

伯尔纳翻阅着文件，边翻边说："是啊！是啊！这些都是明明白白的案件，虽然书写的笔迹潦草。"

易卜拉欣惊奇地说道："真的？翻译这些文件的黎巴嫩同事对我说，法语就是他的母语。"

伯尔纳说："这不成问题，我可以抄，可以直接发表，不过，这并不能解决问题。"

他把文件退还给易卜拉欣，平静地说："你在此地找不到任何一个记者会公布这些文件。"

易卜拉欣说："为什么？我给你的材料、证件，都是来自中立的一方。"

伯尔纳打断他的话说道："我百分之百地信任你。尽管如此，我也不能公布这些材料。"

易卜拉欣颇感失望："为什么？"

伯尔纳从深度近视眼镜后面盯着他，慢慢地说："你知道这是为什么？因为我们说全副武装的士兵抓了另一个国家手无寸铁的平民百姓。这是严重指控。"

易卜拉欣打断他说:"我可以给你一个证据,证明我说的话,我提供给你的材料都是真的。"

伯尔纳吞吞吐吐地说:"这不够。我说了,我相信你。但是主编怎么会相信我呢?我该做什么?他该做什么?如果官方出来否认,有人会对我们说,这些人都是游击队员。因此,我们是在怂恿恐怖分子,或者说得更严重,我们是在为恐怖分子辩护!"

易卜拉欣喃喃地说:"为恐怖分子辩护?世界上发生什么事了,我原以为我会遇到困难,现在看来,困难远不止这些。"

伯尔纳看着我大笑:"你们这么快就失望了?"

易卜拉欣手里举着这些文件说:"这就是原因。"

伯尔纳沉思片刻后说:"你知道记者跟医生差不多。当他处理案件时,应保持一定的距离。如果他想活着,就不能为此日夜不安。"

我调侃地说:"易卜拉欣是一个遵纪守法的职业记者。"

伯尔纳说:"职业记者也要活命啊!也有他的苦与乐。我认识一位记者。他认为自己很专业……后来,每天早晨接踵而来的世界各地的消息:战争、饥饿和罪恶,他非常关注、非常伤心。然而更让他揪心的是,他宠爱的宝贝儿子长大结婚后,把他这个当爸的忘得一干二净。一个星期甚至一个月也不想给他打个电话,问问他的情况,完全不管他的死活……"

伯尔纳的声音里充满苦涩,看起来他不是说他认识的某个记者,而更像是在说他自己。

但是,他迅速恢复了常态。他看着易卜拉欣说:"你看,一个小小的问题会让一个记者这么操心,比黎巴嫩战争还让他操心……我们坐在一起,你就有点儿紧张。其实你肯定知道,这些都是职业问题。我们还是想办法解决这些折磨你的文件的问题吧。"

正在这时,咖啡店老板娘朝我们走了过来。她身材矮小,头发染成了棕色,手拿两只咖啡杯,放到我和易卜拉欣面前。她微笑着说:"先生们,早晨好。"

"这是你习惯喝的咖啡,没有咖啡因的咖啡。"然后,她转脸对伯尔纳说,"伯尔纳先生,你也来一杯。"

伯尔纳凝视着自己手中的杯子,没有答复。过了一会儿,他对老板娘说:"不! 不! 我要工作了,请你对你丈夫说,我想见见他,他在这儿吗?"

老板娘转身对我说:"他在厨房为顾客准备午饭,要不要我去叫他?"

"劳驾!"

老板娘去了。易卜拉欣和我用疑问的眼光看着伯尔纳。伯尔纳说:"我带给你们两位一个惊喜。给你们两位介绍一个埃及人。当然这也算不上是一个惊喜,这里的埃及人很多,只不过真正的惊喜是他也是我们的同行。"

见到他,我真的吃了一惊。他穿着厨房的白大褂朝我们走来。他迟疑了一下,转身回去脱下了白大褂,把它挂在衣架上,擦干了双手才走了过来。这个人我以前见过多次。第一次见面时,我就感觉到他是一个埃及人。他把头发染成了褐色,但是他的面容还是跟欧洲人不大一样。本国的人一看他的面容就知道他是同胞。可是,我以前见到他时,他从未过来跟我攀谈。所以,我还以为我猜错啦。现在令我吃惊的是,他竟然是咖啡店老板娘的丈夫。他的年纪比她小多了,起码小二十岁。

伯尔纳鼓励他说:"优素福,我就开门见山说事了。这两位都是记者,你的同胞。"

优素福说:"问题不太容易,需要时间。"

伯尔纳说:"我明白。现在请你简单地告诉我,你是否想当个记者? 说说看。"

伯尔纳转眼看着我:"我简单地说吧,优素福想办一份阿拉伯报纸,请你参谋一下。"

我很惊奇:"你想办一份报纸?……你是一位百万富翁?"

我说:"办报纸钱少了不行。你以前办过报吗?"

优素福笑了,说道:"不是,但是我有点儿钱。"

他有点儿不好意思:"办过,我以前办过一份报纸。几年前我是开罗大学新闻系的学生。"

我问他:"你为什么离开埃及?"

优素福轻轻地笑着说:"你这是新闻调查还是查户口?"

我抱歉地说:"什么都不是,好奇!如果你不高兴,可以不回答。"

"没有,一点儿也没有。我当时在新闻系三年级,被判入狱六个月,因为我参加了一次游行,呼喊反对萨达特的口号,还同大学的保安打了起来。后来逃到利比亚,从利比亚转到此地。"

易卜拉欣微笑着说:"太好啦,朋友!我们彼此彼此。"

优素福用手指了指右边,又指了指左边说:"我们不一样,我的情况你们都看到了。"他沉默了。

易卜拉欣对他说:"可是,你怎么会落到……我决不参加这种调查……优素福,你是对的。"

的确,这是易卜拉欣唯一的一次参加我们的交谈。虽然他仍然关注我们的谈话,不过,我已经察觉出他和我们已经拉开距离了。

其间,老板娘在咖啡店里转来转去,为餐桌更换台布和餐具。但是,她仍然不时地偷看我们。优素福的眼睛一直跟着老板娘转。

伯尔纳说:"我明白你们两位用阿拉伯语说的话,但是,这一切不会有事吧?你们说定啦?"

我对他说:"我们算是彼此认识了。"

他把杯子推开,笑着说:"我担心时间不够了。"

果然，老板娘走了过来，手扶伯尔纳问道："你们说完了吗？优素福是厨师长，他们要他回去啦。"

她面带微笑，眼神严厉："我说得对吧？优素福，那边的人需要你。"

优素福没有回答。他站起身来说："教授，我会用电话和你联系。我知道你的名字，我能够从电话簿里找到你的电话号码。"

他离开时，对我们点头致意。老板娘跟着他进了厨房。我对伯尔纳说："这一切都是真的吗？不是做梦吧？他真有那么多钱吗？"

伯尔纳慢条斯理地点点头："他不但是百万富翁，还是一个阿拉伯埃米尔①。而且他不但是一个埃米尔，而且是个进步的埃米尔。"

我欣赏地重复说了这句话："他不但是埃米尔，而且是个进步的埃米尔。"

伯尔纳说："我不是开玩笑，他真是海湾地区的一个埃米尔。优素福跟他共事多年，现在他想在此地办一份阿拉伯文报纸，请优素福帮忙策划这件事。"

"为什么他不在伦敦或巴黎出版这份报纸？"

伯尔纳说："也许因为伦敦和巴黎的报纸太多。"

"他想要我做点儿什么？"

伯尔纳说："埃米尔知道你是一个记者。他很欣赏你，请你当顾问。"

我说："这位进步的埃米尔了解我？太滑稽了。"

一言不发的易卜拉欣突然脱口而出："这有什么奇怪的。他是不是埃米尔或者是一个看门的人，都与你无关，他求你帮他办一份好的报纸。你为什么不帮他一把呢？我那个马克思主义组织还常常接受一些富翁的捐助，我们从未拒绝过。"

我有点儿生气了，我说："你们是自由主义者。我也是一个自由人。我不想跟这类报纸有什么关系。不管他们是进步的埃米尔还是百万富

---

① 埃米尔：伊斯兰语中，意为领导，是一个团队的核心人物。

翁的埃米尔。"

伯尔纳摇摇头说:"你们用阿拉伯语说的话我又听不懂了。"

我大笑不止,说:"对不起,伯尔纳,我的朋友想说服我替进步的埃米尔打工。"

伯尔纳说:"我赞同他的意见。我们的职业相同,你只能说你想的。这个问题你再考虑考虑。假若这个计划是认真的,而你能够帮他一把,假若你有自由,想说什么就说什么。那么,你又何乐而不为呢?假若……"

易卜拉欣再次打断了他的话,喊道:"这里就没有一份共产党办的报纸!"

我坦诚相告:"有,有一份报纸,但发行量很有限,只有数量很有限的党员阅读它。"

易卜拉欣脸色难看地说:"就算这样吧,还是有些发行量。我不悲观,世界还存在,革命不会死亡,否则,今天黎巴嫩、尼加拉瓜、菲律宾……发生的一切说明什么问题?从东方到西方,整个世界不平静。明天的世界又会怎么样呢?此地不也在变吗?不要小看一份小报!"

伯尔纳吹起了口哨,他讥讽地吹《国际歌》歌曲,还举手打着拍子,然后看着他的手表,笑着说道:"我想跟你为世界革命干一杯。可是,很遗憾,我现在要回到我那资本主义的报社上班去了。"

他站起身,紧紧地握了我和易卜拉欣的手说:"你是对的,跟党报携手合作吧!我将考虑一下,看看怎么办才能公布你的那些文件。"

离午饭还有一段时间,易卜拉欣要我跟他步行上街去转转。于是,我们一起走到了市中心。一般的游客,会去观赏幽雅的商店,但他不进去,市里标志性的建筑或雕像,他也不停步观看。我指着市中心广场上巨大的天主教堂,想对他讲讲教堂的历史,讲讲天主教直到十九世纪末仍被禁止在市里活动,讲讲东正教压迫天主教等情况。他摇摇头,勉强笑道:"我来此之前已经看了点儿史料了。"

易卜拉欣见我颇感失落,就说:"听我说点儿真实情况。我小时候,每到一个地方,都会拿着照相机,拍摄古老的大教堂、雕像、建筑物,并且在照片背面写上拍摄的日期。可是,我现在已经对这些毫无兴趣,甚至那些在我脑中印象颇深的东西,也无所谓了。我今天到任何城市去,只对绿色的草木感兴趣。随着年龄的增长,我找寻那些令人回想儿时的景物——尼罗河、无花果树、柳树……你知道,我是一个农民。当然,也可以去江边那个咖啡店……"

"我们去那儿吃午饭,怎么样?这附近有一个小花园,我也喜欢它,戏称其为'我的秘密花园'。"

在拥挤的市中心,我们穿过一条小街,走向江边。易卜拉欣无意识地问我:"昨天,你带伯蕾吉蒂去哪儿了?或者是她带你去哪儿啦?"

我说:"我把她送回了家。"……假如他问我,我告诉他我到她家去了,他会怎么想?

然而,他什么也没问。我们走到旧楼的对面,从拱门鱼贯而入,穿过一条走廊,进入大花园。花园周围都是上个世纪的建筑物。公园的确很美,我从来没有见过这么美的公园。

易卜拉欣带着微笑站在公园的入口处,两眼看着公园里的树林,毫不介意地对我说:"你说你喜欢它,常来?"

我答道:"昨天你不是说过我们都到这把年纪了?"

易卜拉欣缓缓地走进公园,不理睬我的问话。我跟在他身后,走在高高的白杨树中间。浓密的树叶遮住了阳光,栗子树上圆圆的果子还是青的。他走到花坛旁边。红黄色的花朵飘散着初夏的芳香。旁边还有其他的花坛,花有白色的、紫色的和棕色的,点缀着黄色的花蕊。易卜拉欣沉醉在美景中。我们沉默无语,最后在花园角落里的一个小凳上坐了下来。

我们沉默地坐着,各有各的心事。后来,易卜拉欣打破沉默,问我:"你孩子纳赛尔有多大了?"

我有点儿奇怪地说:"我已经告诉过你,我的孩子叫哈立德,快二十岁了。你现在突然问起他,真怪。"这时,哈立德的样子出现在我脑子里。"今天是我和他通电话的日子,你倒是提醒我了。"

这使我想起我在他这个年纪时的一些事。

我心情沉重地说:"可以肯定,你那时跟现在的他不一样。"

"怎么不一样?"

"哈立德最近变化很大。过去他很一般,喜欢运动、喜欢读文学书籍,特别喜欢下棋。我教他下棋时,他只有十四五岁。可是,我现在已经不是他的对手了。这使我感到高兴。"我停了片刻,接着说道,"那时候,他是一个很虔诚的穆斯林,可是,他现在变了。"

"你是说他参加了什么小集团之类的组织?"

"不,不是。只是他变得很固执,甚至讲话的方式都变了。"

忧伤的情绪突然涌上我的心头。我接着说:"他妹妹哈纳蒂告诉我,他不再看电视,而且也不让她看电视。"

易卜拉欣大笑起来说:"他是对的,我们的电视太落后了。"

易卜拉欣大概想改变一下气氛。他见我不搭理他,就对我说:"听着,朋友!当我处在这个年龄段或者比他还小点儿时,我从不离开清真寺。你会觉得奇怪吗?我天天坚持礼拜、小净,某种疑惑或者邪念让我不做小净。我乞求安拉为莫名的罪过宽恕我,为我头脑中禁欲的念头宽恕我。我哭泣,求安拉宽恕我头脑中的邪念。我发誓要忏悔。"

"我们都是过来人。"

"那么,你为什么对哈立德不放心?他会走自己的路……真对不起,我让你为你儿子的事操心了……别再想了。我跟你说一点儿让你惊奇的事吧，你信不信我老家的花园就像这个花园，整洁、幽雅……我父亲对花工从不宽容，一点儿马虎都不行。"

我装出一副笑脸说："听说那是一座宫殿，不是一个普通的家。"

"不是，不是！这太夸张了。它的确很大，也很美。"他沉默了，显得有些沮丧，"当时我在家里不知道什么是幸福。"

"你？"

易卜拉欣看了我一眼，慢条斯理地说："你是说我……我……我多次听你说，你的童年很穷苦。请你相信我，有时候，我很忌妒你……我时常问自己，为什么我不是你？我为什么不是一个普通的人，而是今天的我？……我常常有这种古怪的念头。"

"你的童年真的这么穷苦吗？"他好像没有注意我说的话。这几天，我常想，是什么偶然的机遇在左右着我们？我真的有必要做村子里地主的儿子？……我父亲真的有必要买来满屋子的书，用镀金的笔写自己的名字而不读，然后就把它统统给了我，让我保存？假若这一切都没有发生，又会怎样呢？我的一生就会从此堕落吗？我的双眼看到的都是毁灭……为什么我不能像其他人那样享受生活？"易卜拉欣平静地提出这些问题。他的声音紧绷绷的，我几乎脱口而出对他说：这些想法不科学。可是，当我看见他用手抓自己的前额，两眼发呆地盯着前方，似乎想在这个花园里寻找到长期折磨着他的那些问题的答案时，我的话就说不出口了。

最后，他迷迷瞪瞪地望着我，轻轻地重复他的疑问："为什么？现在我问自己：我的忧愁起于何时？是否因为我的母亲？……也许吧。"

"我不知道什么原因，她是我生活中最早的悲伤，我至今仍然看见她生活在我们的大家庭里。那里房间很多，到处是家具、画像、书籍……她一个人孤独地在这些房间里转来转去，把那些东西搬来搬去,对众多的仆人发号施令。但是,她毫无自信,好像是在乞求他们……她对这个仆人说:你要是累了,就明天下午再做这件事吧,不急……这个世界是不会飞走的……每天清晨,她总是自己梳洗打扮,描眉、抹口红、佩戴首饰、穿好衣服准备出门,其实她哪里也不去,也没有客人来访。她只是在各房间里转来转去,长吁短叹。我父亲从不直呼其名,只叫她太太……她坐着时,父亲对她鞠躬,吻她的手,很有礼貌地问她:'太太,需要我做点儿什么?'母亲说:'一路平安,先生。'我从小就知道他怕我母亲。第一次在大厅里看见他搂着别的女人时,我只有五岁,我气愤极了,跑回家去想告诉母亲。可是,我看见母亲颓然瘫坐在椅子上听广播,眼神茫然,身体虚弱,那时我害怕极了,担心倘若我告诉她我看见的事,会把她气死。她太脆弱了,就像一只蝴蝶。她理解我吗?父亲的行为意味着什么?为什么他要以这种方式折磨她!"

我说:"我妈去世时虽然我还小,但是我明白,我妈……"

我说到这里,易卜拉欣就挥手阻止我,不让我再说下去,他说道:"不,不要说了!请你……这些都是胡说八道。使我不幸的是暴虐、黑暗,而不是空洞的难题。父亲和那些洗劫农民的人使我和母亲不幸。我是说,我长大后,看见他们欺诈农民,克扣棉花分量、造假账……当时我读高小和初中,正是逐步明白事理的年纪。从那时开始,这些问题就经常出现在我的脑中,一直不断地折磨着我。我还误以为是代理商算错了账,把三担棉花说成是两担半。我高声冲他喊叫:'三担。'农民站在队列前,缩做一团,注视着过磅的棉花,我又冲他喊:'代理先生,三担'……父亲站在远处监视着,他对我怒吼道:'你个兔崽子,待在这儿干吗?滚回去!'就在这一天,他把我弄到了开罗,送进了一所寄宿学校。"

易卜拉欣沉默了,他背靠椅子喘息着说:"请你原谅,我又一次在烦你了。但是，请你相信，我对你说出的这些话，原因是……"

"你没有在烦我，易卜拉欣。我在想自己的事，我在想那个孩子。他会追我一辈子，有没有办法得到解脱呢？"

易卜拉欣眼望树林，好像在寻找一个答案，他说："但愿我能找到某种得到解脱的办法！"

第五章　你真美

我打开套间的房门,看见挂在墙上相框中的阿卜杜勒·纳赛尔凝视着我。我手拿从邮局取回的寄自开罗的几份报纸和一些广告,翻看了一下报纸,但没有找到星期四的那一份。每星期四都有麦娜的专版。我把报纸放在大厅的报纸堆上。

我坐在办公桌前,想同开罗联系一下。我的心开始紧张起来。每次眼望着镜框里哈立德和哈纳蒂的照片拨动电话号码时,我就会紧张起来……可是,我拨了几次都没有拨通,总是占线,即使拨通了,也没有回答,我只好又重拨。我对这种情况已经习以为常了。我知道除了重复拨打,别无他法。于是,我手指又机械地拨打这些号码,眼睛瞟着桌面上报纸的标题,突然,传来哈纳蒂的声音:"喂,是爸爸吗?"

"是啊,乖孩子,你好吗?"

"我在复习功课,这儿天气热得很。"

"没关系,哈纳蒂,你要加油,这个星期就要考试了,对不对?"

"是的。你想我吗,爸爸?"

"我常常想你,乖乖。你今年读初中了,一定要考好!"

"考多少算考好,爸爸?"

"要全力以赴，九十分以上，怎么样？"

"多少？我有六十分就不错了，五十分也不错。五十分，怎么样？我刚读初中，就一步迈进大学？"

"从现在起你迈进大学多好！我说，就这样啊！好好复习吧，别的事都别想，也别想能得多少分，不要去想别的事。"

"我没有想要得多少分，可是，我想的是一件重要的东西……"

"什么东西？"

"我考好了的话，你送给我什么？"

"你说呢？"

"多赚点儿钱，今年给我办马术俱乐部的会员证，我想练骑马。"

"这笔开支可不小啊！"

"五百镑或一千镑。怎么样？随你便。"

"一千镑？说得过去吗？你总分只六十分？争取得九十分，行吗？"

"我原来想让你给我买辆车的……爸爸，哥哥哈立德决心得个九十分，好不好？……再见，爸爸。"

"再见，哈纳蒂。喂……"

哈立德低沉的声音传过来，他用标准的阿拉伯语对我说："你好！"

"你好，哈立德。你好吗，我的孩子？"

"感谢安拉。你身体好吗？但愿你一切都好。"

"我很好。你真的考试得优了？"

"爸爸，你别听哈纳蒂胡说，考试结果还没有出来呢。"

"什么时候出来？"

"但愿这个星期吧。"

"考试结束后你就直接过这边来，好吗？"

"考试完以后？不，爸，原本你就知道，计划中的比赛项目是明年的，我需要准备准备，此外……"

"你究竟什么时候能过来呢,哈立德?我太想念你了,孩子。你参加冠军赛前,我希望你能在我这边住两三个星期。"

"我也希望如此。我真想你,爸爸。"

"那就是说,你暂时还来不了?"

"爸,我也说不好。"

"为什么?哈立德,你不想来看看爸爸吗?"

"不,不是的。愿安拉宽恕我。事实上是事情难办。我不是不想来看你,我很想你。但是,我也不愿说假话……"

"说假话?说什么假话?你生病了?还是发生了别的什么事?"

"没有,我很好,感谢安拉。说实话吧,我决定了,因为你说过,玩棋不好,我对此深信不疑。"

"玩棋不好?"

哈立德不说话了。过了一会儿,他语气坚定地说:"是的,爸爸,玩棋不好。"

挂了电话,我手扶办公桌站了好一会儿。我走进厨房,想煮一杯咖啡,但是我没做。我在小凳子上坐了下来。从厨房的窗口,我注视着对面的楼房、天空和树枝,思绪万千……我喃喃地说:"玩棋不好,是的,不好!"

易卜拉欣一直在旅馆会客厅里等我,看见我走进旅馆的大门,他微笑着扬手示意。可是,我走近他后,他却站起身,面有难色。他问我:"你怎么啦?病啦?"

我说:"没什么,老毛病了。血压高,头有些痛。"

"既然累了,你又何必出门呢?给我打个电话,我会理解的。"

"没什么,别介意,易卜拉欣。我已经吃了降压药,一会儿就好啦。"

我们午间约定,今晚啥也不干,一起去看电影。易卜拉欣看到一个电影广告,说是十年前看过的一部电影,想再看一次,因为他喜欢电影的音乐。接着他又想方设法说服我别去看电影。他说："最好还是休息。"我说："我也需要放松放松。"我终于说服了他。

易卜拉欣说："现在你跟我走，去穆勒尔博士那儿，他昨天说，要给我一份各个组织和社团的名单。我可以给他们写信。"

"我们刚刚说好今晚不工作，对吧？"

易卜拉欣笑了："是，是的。可是我昨天已经跟穆勒尔约好了，走吧，时间不会太长的。"

路很近。易卜拉欣在路上又劝我今晚一定要休息。我忍不住跟他说起刚才跟孩子打电话的事，我忍着泪水跟他叙述了事情的经过。他平静地对我说："朋友，不要责备孩子。他现在年幼无知，他并不是不爱你，也不是不想来看你。他的信念比对你的爱、比他自己的生命更重要。难道你忘了当初你自己是怎样的？……当初，你冒着英国人的空袭进入塞得港的时候，想到过生死的问题吗？"

"问题不一样。当时，是国家和民族的命运问题——"

易卜拉欣打断我的话："那是你的信仰！现在孩子有了自己的信仰。同样的问题，没有什么不同。在他这个年纪，你自己就曾宁愿牺牲自己的一切，而他今天牺牲的比你当年牺牲的东西少多了，不过是牺牲了一次来看望你的旅行。"

"问题不一样。我脑子里的想法没法说明白，对你说不明白，对我自己也说不明白。我们年轻时，想的是将来。现在我发现，我的孩子哈立德是对生命的彻底否定。死亡就是将来。昨天，你说过我们也曾经像他们一样，那种罪恶感、那种观念、那种邪恶的情绪。我们发现自己既不是天使，又不是魔鬼。以前，我们也一样？只因为我们是人，会犯错误，会忏悔吗？"

易卜拉欣大笑起来："我跟你说的是我的回忆、追想，但是，我不想找忏悔的借口，你别忘了，我现在是一个马克思主义者。总的来说，你不赞同你孩子哈立德……"

易卜拉欣话没有说完就止住了,我却接上了他的话:"我知道你想说什么。假如我跟哈立德在一起,我就可以影响他。然而,我办不到。麦娜和我从小就让孩子们习惯于说服和被说服。我们离婚后,又让他们习惯了我选择的自由。我让他们自己选择,他们选择了留在妈妈的身边。这正是我当初出走的原因之一。因为我待在那儿却不能跟孩子们在一起,我受不了。"

我沉默了,极力抑制着自己,抑制着眼中的泪水,不让它流下来。这时,我们已经走进了穆勒尔住的旅馆。走进旅馆大厅前,我竭力使自己的情绪平静下来。

穆勒尔坐在大厅,旁边坐着伯蕾吉蒂。他们正在喝啤酒,沉默不语,眉头紧皱。易卜拉欣边走边悄悄地对我说:"看起来好像出什么事了,可是,会有什么事呢?"

穆勒尔脸上阴云密布,绷得紧紧的。我们坐下后,他从衣服口袋里取出一个白色的大信封,说:"易卜拉欣先生,我没忘记你托我办的事。这是那些组织和社团的地址。"

易卜拉欣打开信封,取出一张纸,那是一份书写工整的地址清单,比印的还要好。

易卜拉欣看了一眼后说:"谢谢你,博士,不打扰了。"接着就想起身离去。

穆勒尔说:"请稍等,或许二位能帮我一下。"

博士看着我说:"你肯定能帮我。"

他沉默了片刻后才说:"彼德罗失踪了。"

我说:"谁是彼德罗?"

我突然想起来了,觉得有点儿不好意思,"我刚才忘了。"穆勒尔说:"就是彼德罗·伊巴尼兹,在记者会上介绍情况的那个人。他取走了行李,离开了旅馆。"

穆勒尔说,他费尽心思为彼德罗办理了入境签证,让他出席记者会介绍情况。这儿的人不欢迎智利和其他国家的难民。因此,签证只允许彼德罗在此逗留一周。他清楚这一点,可是他仍然不辞而别。

易卜拉欣说:"博士,你不必为此事焦虑,彼德罗不是孩子,他能够对自己的言行负责。"

穆勒尔紧张地脱口道:"问题不是彼德罗,是国际医生组织。"

这时,我偷看了一眼伯蕾吉蒂,她也正看着我,嘴角挂着微笑。不过,博士没有注意到我们,他继续说着彼德罗的事。他担心在签证到期前,找不到彼德罗,国际医生组织会有麻烦。他们会说:国际医生组织鼓励非法移民,从而败坏它的声誉,甚至影响该组织在其他各国的形象。

易卜拉欣茫然地问道:"博士,问题究竟是什么呢?彼德罗为什么出逃?"

穆勒尔失望地说:"我也想弄个明白呢。"

伯蕾吉蒂喝了一大口啤酒,放下杯子说:"博士,你肯定知道其中的隐情。你知道他逃出智利后,就无处安身。你知道他在奥地利时,住在智利逃亡者收容中心,那儿实际上像是一座监狱。"

穆勒尔分辩道:"奥地利正在研究他的情况,准备最终以难民的身份收容他,他肯定会从收容中心出来的。"

伯蕾吉蒂压抑着自己的情绪,迟疑地说:"那他要等多久,博士?几个月还是几年?这种收容营里的人能待多久,你知道吗?在我们那边,收容营里的人都想走。营地的警卫都很粗野,当地的平民百姓对他们也是满怀敌意,那样的眼神更让人忍受不了。"

穆勒尔压着怒气,狠狠地说:"他为什么要逃离,他应该想到国际医生组织为他费了多大的劲。"

伯蕾吉蒂又举杯喝啤酒，她说："是啊！"

然后，伯蕾吉蒂坐回原处。她穿着一条牛仔裤，一件薄薄的白色上装，头发随意披散在脑后，显得寂静而无奈。

易卜拉欣看看她，又看看穆勒尔，激动地说："博士，这个问题我们得认真对待，我坦率地跟你说吧，我昨天参加记者会后，产生了一种负罪感，我感到忧虑、难受，便想在我们小报上写点儿东西。但是，这会对他有什么裨益？你现在说我和我的朋友可以帮你的忙，怎么个帮法？"

穆勒尔说："是的。"他看了我一眼，接着说："你是记者，常驻此地，你可以联系各方面的人士，请他们大家帮忙寻找。当然，不要找警察。"

伯蕾吉蒂突然抢到我前面，盯着易卜拉欣喊叫起来："你这个朋友真漂亮！"

大家都鸦雀无声，易卜拉欣涨红了脸。穆勒尔一脸愠怒。突然，他脸上露出了苦笑，转脸对我们说道："我认识她爸爸半个多世纪了，她经常不合时宜冒冒失失地说怪话。"

伯蕾吉蒂说："女人说哪个男人漂亮，不受时间限制，什么时候都合适。"

这时，我补上一句话，我说："我常常对易卜拉欣说，他搞记者这一行是走错了路，假若是搞电影，他会成为国际明星。"

易卜拉欣愤愤地喊道："够了！够了！"

他满脸通红，大为扫兴。可是，伯蕾吉蒂却坐直身子，眼睛瞪着易卜拉欣，继续跟我说道："不，电影明星都是傀儡，像画上的方格子。易卜拉欣美在脸上，一个活生生的人，假如你仔细端详他，你会发现，他的嘴——"

易卜拉欣叫喊起来，这一次他像在求饶了，"够了，饶了我吧！我们正在谈正事呢！"

伯蕾吉蒂说:"我惹你生气了,对不起。"

穆勒尔以教训的口吻说:"易卜拉欣这个年纪的男人,不会因为有人说他漂亮就高兴的,说他聪明还差不多。"

伯蕾吉蒂疑惑地说:"你说的年纪是什么意思,我不懂。可是我知道,聪明的男人当听到别人说他们……随时都准备放弃他们的智慧。"

伯蕾吉蒂把酒杯放到桌子上,样子很认真,酒起作用了,她完全沉默下来。

片刻后,她严肃认真地看着易卜拉欣说:"对不起,刚才,让你生气了。"但是,她仍然不能控制自己,笑着说:"假如你真的很漂亮,我该怎么办?我不是勾引你,我只想说,你真的很漂亮。"

她咯咯地笑着,笑得上气不接下气,赶紧用手捂住嘴。

易卜拉欣看了一眼手表。这时,我对他说:"不用看了,电影早已经演了一半了。"

易卜拉欣说:"这无所谓,彼德罗的事更要紧。"

"可是我们已经说定今晚要休息,对吧?"

"那就明天休息吧。现在我们能为彼德罗的事做点儿什么?"

伯蕾吉蒂掉转头眯着眼睛说:"我求你们别管彼德罗了。他自己自行其是,或许更好。他可能多快活几个月,至少能多快活几个星期,不会遭到警察的追捕,从一个国家逃到另一个国家。放开他吧。"

穆勒尔语气严厉地说:"伯蕾吉蒂,我知道你对我们的工作有看法。你说吧,是不是有什么其他社团像我们国际医生组织一样,想帮助这些人?这个世界是否会改变,变得比现在更好?"

"我不认为它会变得更好。不过,它也不会变得更坏,博士。"

她的语气十分平静,似乎对穆勒尔博士有某种同情。原先的敌意没有了。我忽然想到昨天我们谈话后,她已经从内心深处抹去了对博士的怨恨和不满。

晚上的电影没看成。以后的几天，我和易卜拉欣都很忙碌。我给报社写月度通讯，都是"西方视角"专栏中的逸闻趣事。这类文稿报纸会全文刊登，能使我名正言顺地拿到我的月薪。除此之外，我能做的事就是阅读各国出版的报纸，从中摘录报纸上醒目的消息，例如，一个人咬了一条狗，等等。这一次我很幸运，有一条消息，标题是"食物吃了顾客"，说的是在法国一家餐厅，有一个人要尝尝某种菜是否新鲜，结果这东西却嘎嘣一声，硌掉了顾客的一颗门牙。另有一条消息说，有一个年轻人打破了一项世界纪录，他双手倒立，"站"了十二小时。这个年轻人说：他要继续学习，直到能倒立二十四小时……

我打算把彼德罗出走的事写成一条消息，塞到这个专栏文章中去。最后，我写了记者会上发生的事。我说，报社也许会由于缺稿，把这类消息刊登出来。我知道我这是在自己骗自己。

连续几天，我帮着穆勒尔寻找彼德罗的踪迹。有一次，我突然去找伯尔纳。他由于工作关系，跟难民和移民界的人士有些联系。但是伯尔纳跟伯蕾吉蒂的看法如出一辙，他不让我管彼德罗的事。他说："彼德罗逃不出警察的视线，假若警察要把这个人送回，他们就会自动把他送回来的。"

伯尔纳说："彼德罗大概跟智利或南美洲的同胞待在一起。他们在此地有一个秘密的联络网，彼此相助。我可以把这类难民组织的名单告诉你和穆勒尔。可是，这有什么用呢？因为纵然他们知道他在哪儿，也绝不会把他的行踪泄露给我们。他们会帮助他在某个饭店或旅店找一份秘密的差事干。于是，他就能够生活几个星期甚至几个月，并且不露行踪，警察也抓不着他，即使他就在警察的眼皮底下，他们也不会去管他。因为他们这么做，有利于饭店、旅店或仓库的老板。他们需要这一类的人。他们干活儿多，开支少。最后，老板们不需要他了，警察就会抓捕他。"

我恐惧地对伯尔纳说:"我们找到他,就可以挽救他。"

他微笑着说:"真的吗?你以为你能够挽救他?那么,你跟我来吧,我可以向你介绍几十个人,他们都是通过这种途径从智利和世界各地来的,不愿再回原籍,也不愿再回难民接收中心。"然后,他问道:"你或者博士能保证他们能过得更好吗?"

我无言以对。不过,伯尔纳同意见穆勒尔。于是,他陪着我、易卜拉欣和穆勒尔连续几天到一些社团和贫民区。那些社团关注难民,那些贫民区收容了非法定居的外国人。一个星期过去了,我们没有找到彼德罗。

那几天,我每天上午去找易卜拉欣,陪着他会见记者和一些政党的负责人,会见一些定居在此的阿拉伯人。他开始收集材料,想在返回贝鲁特后写出系列报道。这期间,他还展示了在黎巴嫩被绑架的人的有关材料,以为他们会重视和研究这个问题。然而,他们后来都失踪了。

在旅馆的大厅里常常碰到那个"女学生"。有时候,在某个咖啡店里,我们会发现她跟一个年轻男人坐在一起,他们俩酷似一对情侣,拥抱、接吻。我们始终都在他们的视线之内。有时女大学生会离开她的情人,于是他不得不独自跟踪我们。

有一个地方,易卜拉欣决定独自去一趟,那是共产党的办事处。当天,他在饭馆里跟我会面时,满面春风、两眼炯炯有神地告诉我说:"我终于看到了一个真实的欧洲了,一个你不了解的欧洲。你想不到,警察在跟踪他们,窃听他们的电话,使他们无法安心做自己千辛万苦找到的工作。可是,警察不愿意这些人住在国家新建的简易住房里,因为他们是共产党人。"

我惊奇地问道:"可是,易卜拉欣,什么事使你今天这么高兴?"易卜拉欣无限自豪地说:"我终于在这儿找到了遭受压迫却极其坚强的自己的同志。"

我极力不笑出来。他以训斥的口吻说:"你嘲笑我?你听着!种种压迫使我充满希望。我不是你认为的那样。我很清楚,他们在此地是少数,他们的报纸,发行份数很少。但是你别因为他们人少就害怕他们。欧洲没有一个共产党搞武装,或者想在将来某一天搞武装、夺取政权。你怕什么?……你想知道问题的答案吗?因为时间漫长,不甚明白欧洲的危机和世界问题。他们是未来,他们是历史的必然。"

我惶恐地说:"可是,易卜拉欣,我不是说他们高傲自负说大话!甚至克里姆林宫也梦想着西方有朝一日会发生这种事。你脑子里在想些什么?"

我们常常在午餐桌上或在汽车里进行这种争论。我们已经习惯了争吵和分歧,像年轻时代的我们一样。虽然我们从来不能达成一致,但他是坦诚的,仍然像我们年轻时那样:死亡会抹去我们的对立和分歧。几天来,我们的心接近了一些。虽然我们之间还有分歧,但是真正的友情产生了。我们彼此内心深处并没有把分歧当一回事,我们相互争论,纯粹是个形式。我们都觉得自己是过去一个时代的影子……我们知道,纳赛尔不会死而复生。全世界的无产者永远不会团结。不过,我们永远不会把话说穿,我们说出来的话恰恰是反意。为了说服他,我总要先说服我自己。我对他说:"人民不会忘记纳赛尔为他们做过的事……我们村子里的人不会忘记,是他创建了农村的医疗卫生系统。在那里,曾经因为疟疾,一天死去半数的村民。那里过去只有每月一次的巡回大夫……他们不会忘记,是他为村里建了两所学校,把土地分给贫苦农民,让穷苦人的孩子进工厂做工。"我跟易卜拉欣一样,从细小的事情上获得信心。我对他说:"几天前,我让一个朋友听了纳赛尔的一段讲话。他听后,两眼闪动着泪珠……我记得,埃及人民1972年听到有人对他说三道四时,走上大街,高举着他的画像,高呼口号，游行示威……"我说："这就是说，他的革命总有一天会苏醒。"我说了很多事情，易卜拉欣都用心地听着。但是，他坚定地一次又一次地摇头表示异议：纳赛尔反对他的盟友，接近他的敌人，使他失去了支持。后来，是谁让萨达特上台的？……我想反驳。于是，我激动起来……

有一次，在争论过程中，易卜拉欣突然停下来问我："听着，你通过什么事来说服我呢？使我改变看法，跟你同流合污？在这把年纪？那我还不如自杀！"

所以，我知道他跟我一样，坚持信仰，永不认输……不让我们献出了一生的梦想破灭！

周末，易卜拉欣不那么关心这场争论了。起初，他还含含糊糊地抱怨……有一次他对我说："我的婚姻虽然失败了，但是这场灾难还是闯过去了。现在我的情况比较好。至少已经在有生之年懂得了完整的真诚的爱。"他反反复复说，他和他认识的女人之间有一堵墙，而他却不晓得……当自己找到了一辈子在找寻的东西时，时间也逝去了，还有什么好处？我一般不回答他的问题。我知道，我的沉默会比我的唠叨对他的帮助更大。

在他离开前两天，我们在傍河的餐馆里共进晚餐。但是，来的不是我认识的那个易卜拉欣。他姗姗来迟，脸色苍白。他坐到我的对面，手叉手摆在餐桌上，微微颤抖着。我觉得他全身都在抖动，神经质地在桌下晃动着一条腿。我十分婉转地对他说："易卜拉欣，你这是怎么啦？"

他不回答我，反而问我："你可否跟我说说你是怎么了？我是说，为什么我们再也不懂得任何真正的快乐？不懂得真的宁静？你是否懂得不让我们快乐的禁令如何发表了？"

我继续委婉地跟他交谈。我说："几天前，你说是机遇造就了我们。

你谈过你的父母,你告诉我折磨了你一辈子的是黑暗。"

他有点儿为难地说:"我跟你说了吗?很重要吗?这就是问题!我觉得我受虐待,别人也受虐待。但是这并不意味着人们的生活就终止了。生活接受正义,同时也接受暴虐,接受黑暗。"我不无戒心地说:"你是什么意思?"

"我什么意思?没什么意思。我初到此地,你就问我夏蒂娅的情况。那时,我就想……但是,我想说什么呢?……是的,我不能冤枉她。我只要求她不离开我。我们在集中营时,不知道何时能出来。我想她被关起来了,像我一样……我说至少我能够让她恢复自由……"

"但是,既然这是你的打算,易卜拉欣,你确实未能使她获得自由,而是毁了她。"

我说完这话,就后悔了。我要向易卜拉欣道歉。可是,他却毫不动情地茫然答复我:"难道她不也把我毁了吗?难道我这一辈子不是都在找寻原来存在着、后来都丢失了的夏蒂娅吗?"

他端起一满杯水,大口大口地喝光,然后又倒满了一杯水,沉默地眺望着河流的方向,那儿有一只孤独的天鹅,慢慢地在墨绿色的河面上游荡。它把白白的长脖子埋进水里。易卜拉欣看着这只天鹅渐渐地从水面消失。他看也不看我,自言自语地说:"我喜欢伯蕾吉蒂。"

"我知道。"

"是啊,我猜想你是知道的。可是,该怎么办呢?"

"易卜拉欣,没必要要我跟你说点儿什么。你实际上明白,我觉得她还小。而我们俩都已经是老头子了。"

"为什么我们俩都变成老头子了?"

他有点儿生气地望着我,接着说:"为什么光阴就这么过去了?没有留下任何标记。"他没有说到爱,没有说到希望。

我觉得我也有点儿神经紧张。我说:"也许时间留下了标记,而我们却把它忽略了。"

他用手在我眼前晃动一下,表示否定。他说:"不,绝不是这样。我没有在内心里找到这些标记。我仍然是因为母亲的不幸而遭受虐待的那个孩子。我仍然生活在夏蒂娅带给我的欢乐之中,因为她说她爱我;我仍然看得见她闭着双眼说这句话时的音容。我现在听得见监狱里鞭子抽打我发出的响声,听得见贝鲁特第一颗炸弹爆炸时震耳欲聋的声响。这一切好像现在就发生在这条河的对岸。因此,你跟我说光阴是什么意思?……你在听我说话吗?我懂得死亡,但是光阴意味着什么?我跟你说,我爱她,但是你却跟我说什么光阴。这是什么意思,两者之间有何关联?"

他沉默了,呼吸急促,几乎窒息。

我说:"听着!她说过她爱你吗?我们跟穆勒尔会面的那个夜晚我听她说她是同你调情,此后她说过她爱你吗?"

他慢慢地摇头,左一下,右一下,态度坚定。

我说:"那么你为什么要斥责她呢?"

他手抓前额,回忆似的说:"我说过我斥责她了吗?我只说过我爱她,我刚从她那儿回来。"

听了他这话,我心中不免有些紧张。但是,我并没有说什么。

他轻声地、很客观地述说当时的情形,好像是在说别人的事,两眼望着窗外的河流,时而瞅瞅我的面颊。我以为他并不是真的在看我。

他说:"开始,大概是在同穆勒尔会面后的第二天,我告诉她我爱她,我忍不住了。那天夜晚她走后,我谁也不想,什么事也不想,甚至也没想爱字。我当时心中感觉,一个爱字是无法形容的,那究竟是什么呢?

"我生命中的岁月倒退了。我的一生都浓缩在一件事情之中:我要这位漂亮的姑娘,我要她。这事就是我的一切,错也好,失望也好,它将为世界恢复正义。当我同你或别人争论的时候，我在你的面前说谎。当我对她说，我不好意思时，因为我说了我爱她。她这么年轻，而我却已经这把年纪了。我不诚实，我一直觉得她是我的，世界上没有比她属于我更自然、更合情理的事了。她宽恕我说了谎。她为什么说我呢？女孩有很多很多，她们都希望你跟她们调情。所以，我为什么不呢？我不适合你。你不愿说你不适合我。"

易卜拉欣苦笑着摊开两只手："问题不是我们的年龄，也不是她太年轻，什么都不是。我不好意思对你说。但是，我跟比她年龄更小的女孩也有关系，问题是我摆脱了她们。我不死追她们。问题的关键是她不喜欢我、不爱我。她很有礼貌地听我说话，但是她跟我保持一定距离，她不听我的。在那个夜晚，她有点儿怪。她喝了太多的酒，不住的狂笑，说：'明天是假日，我要庆祝一番。'你是否注意到她对穆勒尔博士太苛刻了。她常常对博士发出隐隐约约的斥责，而博士看她的眼神却有着某种负罪感。难道博士跟我一样追求过她吗？为什么不可能？我绝不是在责骂博士，即使他比我大二十岁或者三十岁，又有什么区别？女孩称呼他穆勒尔叔叔，听起来像是侮辱……'叔叔'一词出自她的口，无异于骂他。她无缘无故地大笑。她是他一手抚养大的，所以他很有耐心。他对她说：'伯蕾吉蒂，别再喝了！'可是她却对他说：'博士，我们弄完这份清单，行吗？'我不清楚她是什么意思……然而博士却满脸通红，用德语跟她说出长篇的话。女孩想打断他，反驳他，但他十分冷淡。他们俩吵完后，女孩转脸对我说：'别介意，我跟博士常常这样争吵，像你跟你的朋友那样。我们俩也是朋友，不是吗？'博士似乎没听她说什么，仍低头坐在椅子上，两手靠在扶手上。后来，女孩站起身来，摇晃着身子对我说：'你讲义气，不会扔下我不管吧？你会送我回家，对不对？'"

易卜拉欣手托下巴，一言不发。女孩还在等着听他说话，可是他却完全陷入了一片茫然。

我无法控制我内心的伤感。我问他:"后来呢?后来发生什么事了?"

他避开我的眼睛说:"什么事也没有发生。"

"怎么会呢?"

他咬着牙,好像不让自己喊出声来。他只轻轻地说:"我说了什么事也没有发生,别再问我。"

"怎么会呢?"

"在出租车上,伯蕾吉蒂抓住我的手,紧紧地抽筋似的抓住,难道这不正是她梦寐以求的事吗?进到她的家,我就把她搂在怀里,吻她的脸,吻她的手。她闭着眼睛喘气,在我的怀里扭动着,还想脱去她的衣服。她紧张地在我耳边说:'就这样,就这样吻我,吻吧!'"

易卜拉欣轻轻地敲了一下桌子说:"你告诉我,发生什么事?难道这不正是我期盼的吗?她在我怀里哆嗦着,愤怒地吼着,问我:'出什么事了?'可是,我站在她的面前,瘫软了。我感到羞愧和失望。她用拳头捶打我的双肩,愤愤地问我:'这是为什么?为什么你这么长时间一直跟着我?'"

我小声地说:"在我们这个年纪能发生这样的事?"

他歇斯底里地大笑,说:"但是,你不懂。发生的事,不是无能。我是说不是我的身体无能,而是我的灵魂无能。我的身体有着充分的准备,比任何时候的准备都多。我渴望……可是,恐怖使我瘫痪,好像我一旦碰到了她,我们就会立刻死去。"

"等等,我不明白。你说你想要她,而且你不是体力无能,然而你却罢休了。为什么?我不明白。"

"我不明白,她也不明白。她以为我是嘲弄她,所以她就抓起书本和一切能抓到的任何东西向我扔过来。她骂我,说我是疯子、懦夫……突然又不摔、不骂了,瞪着双眼吃惊地看着我,她看见泪珠流出我的双眼。我的脸色吓得她不再辱骂我，不再狂怒。她走近我，赤着双臂，搂着我的脖子，把我的脸埋在她的胸前。她说：'没什么，别介意。原谅我，我求你原谅我，或许这是我的错。我不明白出什么事了。但是，或许就是我的错。'她开始把我搂到她的胸前，轻轻地拍着我，温柔地对我说话，好像我是个孩子。她也哭了，她的怜悯胜过她的怒吼。她完全折服了我。我跑开了，逃跑了。相信我，当时我就像一个被追逐的人，一直在大街上奔跑。这是以前从未有过的事。我跟这个女人发生什么事了？……你知道吗？"

我摇头表示否定，一言不发。

易卜拉欣露出一脸的苦笑。他转脸轻声地说："过去我对你说过，夏蒂娅会在我生命的最后一刻回来的。这一次回来的却是惩罚。"

他的微笑，变成了一声低沉的笑声。他两手抓住我摆放在桌上的手，久久地凝视着我的脸。他说："安拉保佑你。"

第六章　鼓声中吟诗

那么我为什么十分在意每天都要见到她？……为什么在每次约会时间之前，我就早早地去那个咖啡店，眼睛紧盯着咖啡店的大门？……只要见到她穿着蓝色的裙衫，微笑着踮着脚尖走过来，我的心就激动起来了。

为什么每当我谈到我访问过的国家、会见过的人时，我总想掩盖，感到羞涩和不安，不想说到自己或说到她？为什么我一直害怕她用双眼正视我的脸？为什么麦娜的形象苍白无色，而伯蕾吉蒂的脸却总在不眠之夜出现在我的脑海里？……

尽管如此，易卜拉欣推测到的、压抑着的那份情爱并不是一切的一切。我这个裸露着伤口的人也需要护卫她，好像我要赎罪，然而我不知道是什么罪。我明白我的无能。我知道我不能改变过去，我也不能治愈她隐藏在笑脸下的伤疤，也不能使她哭泣。也许她也察觉到我们之间有了某种联系。这种联系不是爱慕，不是爱情，但正是这种联系使她在那个夜晚，在她的家中，能够很痛快地对我讲述了她的过去。于是我了解她了……我看见孩子般的伯蕾吉蒂用两个小拳头敲打穆勒尔的胸膛……我看见她在学校里漂亮的身材。她的身体长得并不丰满，而且略显修长……她戴着一副高度近视眼镜，长着过长的鼻子，躲着记者的镜头，课余时躲在学校的角落里，手中拿着一本……她喜欢读她父亲喜欢的作家的作品……她躲着那些男孩……那时她不喜欢男人。她笑着对我说：这是自己离不开男人以前的事……有一次，当她在校园里埋头读书时，一个男生走过来，把一封信扔到她的眼前……她不敢相信那个秀气的男孩竟是学校里半数女生死死追求却均遭冷落的男孩……难道他跟她一样，腼腆害羞？难道是她的孤独和不合群吸引了他？伯蕾吉蒂说："我们彼此都需要对方……我们手拉着手，就能从狭窄的担心和害怕的孔洞中走进广大的世界……后来，我们成熟了，我们就分手了。但是我们一直是很亲密的朋友。后来，我又认识了其他的人。他们都很友善，可惜谁也没有留下什么很深的印象……在大学里有外国的留学生，女生们常常悄悄地议论非洲人……当时有六七个非洲人，女生爱他们，男生却厌恶他们。我是说，我以为他们受到女生的青睐。在我认识阿勒伯特之前，我知道这些女孩子对他们只不过是好奇。因此，她们喜欢俱乐部连续几小时蹦跳的南非舞——这种非洲的狂欢没完没了，全身都在扭动……更好奇的是亲身体会一下大家常说的非洲人种的享乐，有了经验之后，一切都恢复原状。女孩仍去找她们的奥地利朋友，而非洲人则回到自己在非洲丛林的领地。

"阿勒伯特并不擅长舞蹈。相反，他比较重视学习，他的顾虑是他不知道何时能够回到故乡。

"他是逃出来的。他在国内被通缉，他不知道当权者的噩梦何时完结。我们认识后，他就告诉我，统治着国家的暴君如何毁了自己的国家。他说，他的国家被疯狂的'马斯亚斯'统治着。原来，他的国家是非洲幸福的绿洲，人人都有工作，人人都有自己的家……居民都会读书写字，想深造的人能到国外上大学。他们大都去西班牙，因为西班牙是殖民宗主国。他们也传播了西班牙语。全国人口不过几十万，所以他们从邻国招募工人……从尼日利亚和喀麦隆招募工人，种植咖啡、可可，开采黄金和铜。狂人上台后，这些外国工人就逃亡了。国内的人能逃的都逃走了……好几千人被投进监狱，只有少数人逃出虎口……在奥地利，在我的家乡，有一个巧克力糖果厂，从那里进口可可。这是几内亚停止出口可可以前的事了。在我的家乡，有少数反对派的人。他们印刷传单，给欧洲的报纸写文章。我担心阿勒伯特。当他的两个同事失踪以后，我更为他担心、害怕。

"我不是在舞场上认识阿勒伯特的。我是在图书馆认识他的。他当时正在写论文……关于罗尔卡的诗……开始时，他需要我的帮助，他要我用流畅的德语帮他表达他的思想，而我呢，需要他帮助我学习西班牙语。我们常常一同出入图书馆。我们还常在河边散步。我们说的话古古怪怪，是我们自己创造的，既有他不熟练的德语，也有我说不好的西班牙语。有些词语，我们用英语或者法语表达。我们讨论罗卡尔或雪莱的诗，讨论非洲作家的作品。这些作家的名字，我从来没有听说过。他让我读他们的作品，让我喜欢他们……这些作家我至今记得……跟他在一起时，我不但发现了新的作家、新的作品，而且我还发现了一个迷人的世界……当我读一本毫不吸引我的书的时候，他就为此生气。他说，我跟别的白人一模一样，傲慢、看不起别人……我不解地问他，为什么要我理解诗中失踪的非洲神话和宗教仪式。我对其一无所知啊！他反驳道：'我一个非洲人怎么读懂了你们欧洲的神话……任何人，只要他有要求，他就能读懂。'我学会这些的确不容易。可是，我努力了……我用我的爱说服他，也不容易。但是，我努力了……在散步中，在谈话间，爱情产生了。在路上我抓住他的手，吻他的面颊……当我们在河岸边第一次接吻的时候，他问我，如果我也想跟非洲人谈情说爱时，我差点儿扇他一个耳光。但是我用德语狠狠地骂了他一通。我知道他听不懂，然后我就不理他，把他晾在一边。我决定再也不找这个傲慢的人……几天过去了,他也不来跟我讲和。我整天想见他,我就去图书馆他待的地方,一言不发地坐在他的身边,用颤抖的手替他翻书,用身体去挤他……当他迟疑地伸过手来,我便紧紧地抓住他的手。他看着我,一脸忧伤。但是,他没说什么。他就这么傲慢。尽管如此,当阿勒伯特在大学内外听到议论非洲黑人的粗话、脏话时,他不动声色。他说:'这些与我无关。我爱的是你,你关心的是我。你将会成为我们当中的一分子。当我听见某人说非洲人如何如何,或者问这些非洲人为什么待在这儿,我知道这些人的脑子跟我不一样。我不愿意浪费时间去思考他们说的话,我不是那种求人家承认自己的非洲人,所以让他们通通入火狱吧!我承认我自己……我的忧虑,比治这些人的病要大得多、远得多。

"我完全赞成他的想法:别的人算什么,他们爱说什么,就说什么去吧!只要他仍是他,他就是我整个的世界。只要他跟我在一起,哪怕我看不见任何别的人……但是,对于我叔叔穆勒尔就显得很不够了。他也需要阿勒伯特,继续他的特殊战争……

"那时候,穆勒尔已经退休。他关闭了自己的诊所,开始了人权调查。阿勒伯特和他的朋友常常去找他,让他帮助他们反对疯子。我不能原谅自己,因为是我把阿勒伯特介绍给穆勒尔的……穆勒尔博士在我们家乡建立了一个反对种族歧视的社团。他吸收了阿勒伯特和他的非洲朋友和一些正在大学里上学的外国人。穆勒尔常常邀请奥地利朋友参加社团活动。他在会上发表演说,在广场组织反对种族歧视的游行,举行'非洲日'庆祝会,召集'为了同一个世界'的讨论会……于是,我的家乡变了样。从前,家乡的日子过得平平淡淡,现在人们加入了他的社团,有的反对他的社团甚至那些过去没有流露种族主义面孔的人,他们一反常态,反对黑人待在此地。他们敌视一切有色人种……我们平静的市镇生活中的每件小事,都会引起一场轩然大波,成为人们关注的焦点，让人们想起德意志至高无上的狂热日子。

"那几天，他坚持要我和阿勒伯特马上结婚。我们一直幸福地生活在一起……我们一起熬夜，彼此步履一致……我们在一起阅读……复习功课……我们聊天……我们跳舞……我们做爱……万事顺利……我们的身心彼此呼应，准时无误……我们十分融洽……我不说谎……没有什么协议……但是我们互相理解……我们商定，'疯人政权'垮台后，我们就一起回国。我们结婚，我为他和他的部落生育十个男孩……不要一个女孩……他说：'男孩都会像你。'我说：'都跟你一样漂亮、一样帅。'他以为我在嘲笑他，生气了。于是，我亲吻他，我说：'我是真诚的，我从没有见过像你这样美的男人……这么明亮的双眼，特别是它们充满爱或燃烧着愤怒的火焰时……我没有见过这两片坚实的嘴唇造就的完美的一张嘴……'阿勒伯特大笑着问我：'这是诗？'我说：'是的，你的诗。'

"但是，我们结婚后，这些都失落了。为什么？我不再是我，他不再是他，不再是穆勒尔，不再是这个世界。为什么？

"我爸爸不让我们结婚，他以他的谈话方式对我说：'你不是酒吧女，倘若你是一个酒吧女，这婚姻不成问题。'他似乎看到了一切。他规劝我们再等一等。我们原先决定了，等到阿勒伯特大学毕业后才结婚，'疯人政权'垮台后才结婚，然后一起回国。爸爸对我说：'直到此时此刻，我们还不很了解。此地同胞对我们之间的关系不闻不问视之为昙花一现。受约束后的一种自由，青年可以享受，可是不能过度，但是结婚会是罪过。对白色人种是一种玷污，国人不会饶恕。'可是，我们不信。我父亲又一次输了。穆勒尔又一次赢了，他对阿勒伯特说：'我们给他上一课吧……让家乡愚钝的亲人都明白如今世道已经变了……他们应该明白，种族主义对抗不了人道主义了……'穆勒尔在阿勒伯特耳边说了不少这类的话。这些话他都写进了空想社团的传单，他终于影响了他。至于我,却不存在什么差别。我对爸爸说:'哪怕整个家乡抵制,我也无所谓。阿勒伯特就是我的家乡,别人与我无关……'

"我是真诚的,但是爸爸是对的……

"我们婚后,没有人再来看望我们,甚至那些常来的人也不来了。我们不介意。在大学里,同学们走在我们身后,一言不发。但是,他们以厌恶的目光跟踪我们。我们不介意。我们去往日常去的饭馆,饭馆招待员站在门口,双手交叉在胸前,说:'餐桌都预订完了。'可是我们看见大部分餐桌都空着。我们不介意,只笑笑。我们沿街随意溜达,他的手臂搂着我的肩头,有人向我们吹口哨,我们也以口哨回敬他们,并且高兴地歌唱。在公共汽车上或电影院里,坐在我们身旁的人以敌视的目光盯着我们起身抗议,我就高兴地叹息着,把外衣扔到座椅上,同时把包扔到另一张座椅上。我们不介意。

"但是,我们真的不介意吗?……或者是我一个人不介意?我没有在适当的时间里察觉阿勒伯特开始讨厌夜晚出门了。我也没察觉他连续多日待在家里不去上学。他开始过量地喝酒……后来我明白了……可是,当时我净忙些较重要的事……阿勒伯特在变,我也在变……新的欢乐使我陶醉……每当他迎接非洲朋友们来访,同他们待在房间角落里,边喝酒边聊天,说着我听不懂的话,我完全忽略了他。这时我怀上了孩子,这使我分心,甚至使我忘掉已经临近的学年考试。他冷淡的眼色和歇斯底里的狂笑所包含的意思,我是以后才明白的……我当时为怀了孩子兴奋不已……

"尽管如此,原本可以继续的一切,可以恢复的自信,却在一个星期六的夜晚终结了。本来,我可以注意到阿勒伯特发生的变态。他蔑视一切,又傻气。我都不把它当一回事……在星期六那个夜晚,我们像往常那样,出门到河边去散步,结果一切都变了。

"夜是宁静的,没有一个朋友来访。他也滴酒未沾。我们回到家开始讨论诗，讨论罗尔卡的诗。他响应我的要求，开始诵读那些甜美的诗句、哀悼亡人的诗句。我平生不知道谁能像阿勒伯特那样颂诗，他反复要求诵读罗尔卡哀悼斗牛友人的诗。他声音颤抖，也没有起伏变化。声音从阿勒伯特喉咙里流出，像平常颂诗前的语气，低沉、忧伤的声音逐渐变成了一首十分感人的非洲曲子，拉长的声音，长长的，黏住了似的。他双唇不收拢，让苦闷从宽阔的胸膛涌出，势如呼啸的瀑布……岸边整齐的松树渐渐消失在黑夜之中，河两岸排列整齐的石砌的房舍变得稀疏，像一座原始森林。热情的森林在银白色的月光下拥抱着散在四处的茅屋……突然，罗尔卡脱下西班牙的帽子和外衣，赤身裸体站在那儿，在森林里敲响了战鼓……一只飞鸽同一只豹子斗上了，时间在下午五点……一个男人的躯体和一只牛角，时间在下午五点……

"牛独自骄傲地唱起来了，时间在下午五点……死把蛋卵抛在伤口之上，时间在下午五点……车轮上的灵柩，成了一张床，时间在下午五点……所有钟表都指着下午五点……

"下午五点……

"我在森林中间，带着一面鼓，跟诗人罗尔卡在一起，跟阿勒伯特在一起……世界停在下午五点。阿勒伯特手扶着我的肩膀，吟着诗把我抱起，抱到远处悲哀的鼓声中。我们一同陶醉了，消失了。顷刻之间，我们将发现那个秘密。我们将知道为什么他对诗人的悲伤变成了整个世界的悲伤。悲伤中产生的歌词，带着我们的心升华了，超越了时间。

"然而，这瞬间并没有来临！

"我们未曾留意身后传来的喧哗。开始，我们不明白发生了什么事。阿勒伯特听到身后河岸边嚷嚷的嘈杂声后，停止了吟诵。

"原来有七八个年轻人，醉醺醺的，从一个酒吧里走了出来，其中有两个是大学里的学生，我认出来了。其他的人，都是我们不认识的。

他们唱着流行歌曲,重复着歌曲的词儿,说:'她远不止是个女人……远不止是个女人。她还是个妓女……'他们狂笑着,声音越来越高……我察觉阿勒伯特的身体僵硬着,我便拉着他的手臂,轻轻对他说:'我们快走,他们都是醉鬼。我们赶快走……'我拉着他走了好远,可是他们却跟了上来,并且围成一个圈子,不让我们逃离。他们开始叉开腿狂舞……脚抬得高高的,模仿电影中印第安人和森林中非洲人的动作。阿勒伯特想撵开他们,便鼓掌为他们叫好……'明天,我们接着看这场电影……'他推开一个,想钻出圈子,然而他们不移动半步……其中有一个人还摇摇摆摆地靠近我们,解开裤子,脱下半截,摸着他的内裤,冲着我说:'你看,你看,比非洲人的好吗?你为什么离开了?奥地利的货更好!我们比较比较……'他伸手去拉阿勒伯特的裤子,想解开它。而他的裤子完全掉了下来,掉到了脚面上……他醉成那样子,经不住阿勒伯特轻轻地一推,就绊着裤子扑倒在地上……他们毫不费力就一齐冲向阿勒伯特,拳打脚踢,嘴里骂着下流的话……阿勒伯特把裤腰带拉下来,使劲抡成圈,不让他们靠近,他冲我喊道:'你快走!去报警……呼救……'

"这时我想冲出有了缺口的圈子,可是,被人从背后猛推了一下,跌倒在地。我拼命地呼喊起来:'阿勒伯特,阿勒伯特……他们弄死胎儿了!'

"他们听见我的呼号……看见我弯曲着身子,双手按着大腿,静静地待了片刻,就都逃跑了……

"我的孩子没有了!

"我不但失去了孩子,还失去了阿勒伯特……

"我不但失去了阿勒伯特,还失去了我自己。

"时间正是下午五点。

"在医院住了几天之后,通过警察调查,我回到了家。穆勒尔仍在忙着组织游行准备标语牌。标语牌上写着'杀人犯',还有的画着滴血的手……我决定不去游行。他带着阿勒伯特去了。阿勒伯特说:'这是空前的一次大游行。街道两旁的人行道上都有人群跟着游行队伍行进。'可是,我平静不下来,我感到愤怒。我冲着阿勒伯特喊道:'够了!'

"我对穆勒尔说:'别再闹下去了,闭嘴吧,死掉算了!'

"我过去极少这样说话。我一直躺在床上,睁着双眼,一言不发。

"阿勒伯特坐在房间的角落里喝酒,装着读书的样子。我们有时整天都不说一句话。我们不吃不喝,我们想不起来还没吃东西。爸爸几乎每天都来,给我们带食物来,替我们打扫房间,清除垃圾,洗盘子、杯子。他还冲我们叫:'为什么不开窗通风!'我们不理睬他,听之任之。但是我们也对他说些表示道歉的话:'没必要,别累着你自己啊,我们本打算动手清扫房间的……'我们说我们的,他一概不予理睬。他双脚一站,仍然像一个壮小伙,像一个战士。他生气,已经决定退休了,他要去找那几个人,送他们上法庭。他做过眼线、调查官、律师,有一天,他让我跟他去大学指认那几个人,我不会走出家门的。我请他静下心来。这件事,就让警察去办。我问他:'难道这件事办成后,能使我的孩子死而复生吗?'爸爸扇了我一个耳光,把我从床上拉起来,强迫我穿好衣服,把我推出家门。这次他决心打赢这场官司。果然,他赢了这场官司。这是他有生以来第一次打赢的一场官司,其中三人进了监狱。他找到了他们,并且把他们送上了法庭。他的辩护很有分量,证据确凿,了结了这件事。人们的良心得到了安慰。父亲还决定,这几天送我们回学校参加考试。每天父亲工作结束后,当晚就过来,他要肯定一下我们是否开始复习、开始读书。我不明白,我为什么考好了,阿勒伯特却没有考好。

"我考好了,反而觉得过意不去,因为父亲一直守在我身边。然而,阿勒伯特却孤苦伶仃地生活在这座他厌恶的城市里。我渐渐地康复了,其实,我不可能真正地康复过来。那天夜晚,我流了很多血,我流产了。后来,另一个伯蕾吉蒂出现了。我不知道究竟丢了什么,也许第一件丢的是诗。诗不再感动我,我也再没有让阿勒伯特为我诵读任何诗篇了。他那时候也不再读任何诗。他常常坐在家里喝闷酒。我曾想办法安慰他。我去找过他的非洲同胞,要求他们来看他,鼓励他走出家门,鼓励他像过去一样写文章,反对'疯人政权'。我甚至还去找过穆勒尔,希望他再次接纳他进入非洲社团和人权组织,使他能恢复常态。穆勒尔来找阿勒伯特,可是,阿勒伯特却一直沉默着。有时,他傻笑,或者假装严肃,跟穆勒尔进行辩论。有一次,他轻声细语地对穆勒尔说:'你听着!既然我连自己的孩子都保护不了,你怎么能要求我为陌生人进行辩护呢?'穆勒尔对他说:'你能够保护别人的孩子,也能够保护未来的孩子,我们不能一夜之间改变这个世界,但是我们应该继续工作。即使他们侮辱了你,你为什么就投降了呢?'穆勒尔每次来,对他反复地重复这些话。于是阿勒伯特起身同他一起走出家门。我觉得阿勒伯特陪伴他走出家门,仅仅是为了使他不再重复地说这些话。至于穆勒尔说的那个未来的孩子,却再也没有来。也许是我们自己小心谨慎,不愿让他来。

"阿勒伯特很固执,他不再去找穆勒尔,也不再去任何别的地方。非洲朋友也不来了。我猜想,他们讨厌阿勒伯特,因为他现在只知道把自己灌得醉醺醺的。夏天,我想找事做,以便能维持生活,为新学年的学习赚点儿学费⋯⋯阿勒伯特却什么也不干。他用家里寄来的钱交学杂费。他家在'疯人政权'上台后已经逃亡到西班牙,因此带出来了一些钱财。当我知道他极力节省开支,不愿用家里的钱,也不愿我寻求父亲的帮助后,这笔钱只够他用一个星期。他跟我要钱也不再感到羞耻。我不给他钱,希望他不再喝酒,希望他能恢复体能。可是他哭着乞求我，对我说这是最后一次了，明天就去找工作……然而，第二天还是老样子。而且，我察觉我包里的钱常常不见了。我问他，他却否认。他发誓，还装出一副生气的样子。

"一天晚上，我下班回到家，在楼梯上就听见屋子里传来吵闹声。我走进屋，惊呆了，原来他的非洲朋友们都在。他坐在椅子上，醉醺醺的，耷拉着头。他们围在四周，痛骂他。看见我进来，他们毫不在意……有一个人甚至抓住他的衣袖，把他拉了起来，对他嚷道：'你说！'接着把他推回原处。阿勒伯特一句话也没有说。

"我喊了一声，冲了过去：'出什么事了，你们说！阿勒伯特出什么事了？'

"他们当中有一个人愤然站起来说：'这条狗，这个叛徒，他向"疯人政权"告密了是不是？'

"我盯着阿勒伯特，我们都盯着他。过了一会儿，他用眼睛扫视着我们。最后，他把眼光停在我身上，慢吞吞地低声说道：'我没有出卖任何人。'

"阿勒伯特用充满血丝的两只大眼睛盯着他们，扫视着每一个人，脸上露出奇怪的微笑。突然他大笑起来，说：'你们在这地方真的快乐吗？回答我。你们在这地方很快乐，不想回国了？'他啐了一口口水，身旁的一个人给了他一记耳光，另一个用充血的双眼扫了我一眼，愤愤地说：'这个欧洲女人就是祸根。'于是他们把他推开，一起走出房门。他们口中喃喃地对我表示歉意。我，只有我认定阿勒伯特是对的。

"是的，这个欧洲女人就是祸根。"

那天晚上伯蕾吉蒂在她日本式的住宅里对我述说的话，一直在我脑子里翻来覆去。她说完话，天都快黑了。她一直坐在地上，屋子里暗淡无光。她的脸被披散着的头发掩盖着，两肩无力地垂着，头也不抬。她说："我怎么说了这么多？几年来，我都不愿多说过去的事，我现在却想一吐为快,我仍然不觉得轻松。过去的痛苦复苏了,我为什么现在又提起这事?"

她慢慢地抬起头,说:"请原谅我,你可否让我自己待一会儿?"

我离开了她,像共同搭乘同一班火车擦肩而过的旅伴。她讲完自己的隐私,可以自行其是了。连续数日,我让她晚上跟易卜拉欣和穆勒尔待在一起。他们俩快要走了。我也不再提起那个吐露心扉之夜。她也不再提及那个夜晚的事。有好几天,我们都为易卜拉欣的事忙碌。易卜拉欣走的那天,我没有看到她。在机场,我们热烈拥抱,眼里流出了热泪。我们之间的恨不但消失殆尽,我们还发现了彼此身上的伤痕,彼此之间的情谊更深了,好像我们之间没有任何怨恨。

从机场回来,我直接去了咖啡店。我发现她在那里。这是偶然碰上的还是她已经了解了我的习惯,故意在等我?

我没有问她。此后,我们每天中午在咖啡店里见面,我从不迟到。她也天天如此。假日里,我们仍然天天见面。我们没有约定,也没有协商。我每次送她去上班时,她会在走下汽车时跟我说声再见。我们无需多言。我们知道,明天会在这个时间在咖啡店里见面。

开始,我的话多。我不明白,我哪有那么多的话要对她说,对她吐露我的忧虑。我们初次会见时,她说,这个晚上我有话要说。在午间,强烈的愿望却促使我先开口了。我开始向她叙述我和麦娜的往事。我不明白,我对易卜拉欣或对任何别的人都说不出口的话,我日思夜想的事都跟她说了。我说得那么坦诚、实在,像她跟我叙述她的故事那样,一股脑儿倒了出来,毫不犹豫。可是,说完了,我也并不觉得轻松,我还是要说。

我心安理得。我清楚,这不是爱情。我心里反复琢磨着许许多多的事情:使我们坐在一起的是对诗的热爱。可是原来我并不爱诗。我在孤独时,把她当作我的孩子……我同情她的不幸。我们是忘年之交,离乡背井的乡愁让我们相聚一起……为什么不会是这样呢? 可是, 我内心深处, 还是有些不安。

我们都承认, 我们谁也不瞒谁。我有一次问她, 阿勒伯特怎么样了? 她告诉我, 离婚后, 她不再关注他的情况……

是他离开了她。他的非洲朋友不理他。在大学里他年年留级, 于是, 他就回非洲了。她漫不经心地说:"我听说他已是某国的大使。或许他现在已经当部长了。我不清楚, 也不想知道。"她暗示我不想再说这个话题, 她说:"阿勒伯特在我的小天地消失了。"

然而, 我发现还有一件事, 她不跟我提及。或许她以为我已经知道了, 不对她说而已。我没有任何暗示要说起她和易卜拉欣之间发生的事, 她也不想说那事。

后来, 我们不再说我们自己的私事。我发现是我自己还在说自己的事。她大部分时间都一言不发, 只是留心地听我说。似乎我说的旅行、童年或亲戚朋友的事, 都值得一听。

有时, 她要我用阿拉伯语为她再读几句诗。于是, 她便双眼紧盯着我, 静静地听。当我想为她翻译诗中的意思时, 她却高高举起手, 说道:"有必要吗? 难道你不明白, 我不懂得诗中的词意时, 诗会穿透我的心。"有时候, 她会使我感到意外。有一次, 我刚念完一首诗, 她就说:"这首诗的韵味太忧伤了! 好像滴滴泪水在流淌。"又有一次, 我念乌姆鲁勒·盖斯的悬诗①时, 她微笑了。她说:"啊! 这是一支和平的驼队正在穿越沙漠, 可是遭到了敌人马队的袭击。你没有听到喧嚣的声响吗? "

我们念诗的时候, 她说过这样的话。那时候, 她只是听, 我却怕沉默, 总是滔滔不绝, 口若悬河。那时, 我还担心她烦我。我一直给

---

① 悬诗, 阿拉伯蒙昧时代各部落著名诗人的诗歌作品。据说, 这些诗用金水抄于布上, 悬挂在集市上供人欣赏, 故有"悬诗"之称。

她讲故事、逗她乐。我过去从没想到我会说那么多话,有那么多的故事。她给我的印象是爱听我讲话。你没有看出来,她希望我唠叨,希望我讲真实的事。我怎么不胆怯?她比我小一半!我还了解她的过去!我还说阿勒伯特……我不也同阿勒伯特一样是一个有色人种的人,一个外国人,一个被家乡驱逐出境的人吗?我无处可归,同他一模一样……我的青春年华在哪里?……更有甚者,我还对她说起穆勒尔……我也跟他一样,说起话来铿锵有力……有时候,我注意到她提醒我注意事实。当我说到政治、说到国内发生的事情时,她就打断我的话。她双手托着头,抱歉地说:"说点儿别的吧,我求你啦!我已经有一次经历了,够了!"

然而,黎巴嫩发生的事,使一切的一切都改变了。

六月的一天早晨,我坐在咖啡店里,埋头读报。有阿拉伯文、英文和法文报纸,我想从中发现一些材料。我突然预感到黎巴嫩、埃及或别的阿拉伯国家要出事。伯蕾吉蒂突然进来了,站在我面前,使我激动不已。我赶紧把报纸收拢,和她打个招呼。她坐下以后,我就告诉她从报纸上和广播里看到的、听到的新闻。我对她说:"以色列把一场全面的战争强加在阿拉伯人头上了,理由极其荒谬,说有人向以色列驻伦敦大使开枪。"但是,伯蕾吉蒂毫无反应。后来,我激动地说到事情的细节时,她脸色忧郁起来。她打断我的话:"够了!我以前跟你说了。我不读报,也不听广播、不看电视,我不想知道这个疯狂的世界的任何事。我不理解,也不想理解。你也在我们第一次会面的时候就说过,生活就是一场骗局,不是吗?"我气愤地敲打着堆在我面前的报纸说:"但是,这是真的流血。"

她冷淡地说:"不是我们制造流血,所以我们也无法控制流血。"我怒不可遏地站起来说:"那是你太迟钝了!"

这是我们第一次吵嘴。我一边收起桌上的报纸,一边说她太自私。

她以个人的遭遇作为借口,跟其他人一样,麻木不仁地过日子。我对她说:"你至少应该想一想这场战争对我意味着什么,即使这场战争与你无关。"

当我离开她时,她抓住我的手哀求地说:"就算这样吧!我是一个你说的那种人,甚至还更坏。但是,你不要走!我们像过去一样是朋友,我不愿失去你。"

我使劲把手抽回来,冲动地打断她的话:"我从报纸上剪下那些消息,我关注着电视中的新闻。我每天给开罗的报社写一篇长篇文章,叙述欧洲对这场战争的反应。我翻译欧洲的评论,描述左翼政党组织的反战游行。我寻找从摩洛哥到开罗和巴格达的广播信号,等着新的消息。我心里说,一定会有事情发生,不会是电视和报纸上让我时刻看到的那种画画,我等待着改变耻辱的新闻。"

但是,什么都没有。只有横冲直撞的坦克和不断爆炸的炸弹以及飞机的狂轰滥炸。银幕上出现以色列的士兵在欢笑。他们举着机枪,欢呼胜利。难民营里赤身裸体的孩子和穿着拖鞋的母亲在奔跑。破烂的房舍倒塌了,满地是残砖破瓦和扭曲的钢筋。黑烟冲天。埃及表示遗憾,经济委员会开会研究五年计划……沙特表示遗憾,宣布斋月开始,给各国首脑发出信件。阿尔及利亚表示抗议……飞机在贝鲁特上空盘旋,死两百人,伤四百人……死九十人,伤一百八十人。报纸传播着死伤的数目……街道在燃烧。楼房被炸弹炸塌了,屋子里有残肢断臂,地上是东倒西歪的桌椅板凳,孩子们的玩具沾满鲜血,圣女的画像和雕塑被打碎在公园的地上,上面躺着尸体……医院的病房没有了门窗,一个瘫痪的老太婆在隐蔽所里坐在板凳上,散乱的石块使她动弹不得,她举起头上的白纱巾哭喊着……夜晚,那个老太婆的形象一直在我眼前晃动。

我辗转难眠。一个男人在炮火声中惊慌地跑在大街上,他的手臂用一张报纸裹着，鲜血直流……以色列的士兵用枪托驱赶被蒙住眼睛的年轻人，他们的双手都被反绑在身后……我心里说，明天一切都将改变，不可能继续这样。以色列这么干仅仅是因为他的一个大使被击中了。一座愤怒的火山将会爆发。我们每天都看到和听到成千上万的人死去。人性不会泯灭。我们血管中流的是热血，愤怒的火山会爆发。

早上，第二次停火了……第三次……第五次……美国特使来了……美国特使走了……第七次停火了……救护车在燃烧的大街上奔跑着，发出刺耳的尖叫声……以色列对贝鲁特断水断电……赤脚的孩子蓬头垢面，在水渠中往水壶里灌水……

贝鲁特城以外的地方相对平静。

挪威的女护士对我述说在电视中、在报纸上的所见所闻，都并非真实。早晨醒来，我一夜没睡好。战争开始以来，我经常如此。伯尔纳来电话说，你马上过来一下。黎巴嫩有重要的事，你应该听一听。

我到咖啡店，他在那儿等我。跟他坐在一起的是一位略显肥胖的女士，大约四十来岁。伯尔纳把她介绍给我，她叫玛尔阳·伊里克松，挪威来的一位女护士。女护士昨天离开黎巴嫩，在这里待一天，然后就回国去。

她淡淡地笑着说："昨天我被赶出黎巴嫩。"

我注视着她苍白的脸和通红的双眼。她无力地靠在椅子上，双手垂在身边。但是，她仍然极力装着很清醒、很注意地听。我心里说，这个女人需要的是睡眠，而不是谈话。

她看着伯尔纳疲惫地说："驱赶也是一个问题。我是否跟你说说，他们是如何驱赶我们的？他们关闭了医院，把我关押在里面。挪威大使连续五天为释放我们而奔走。可是，毫无结果。他们每次都找借口，继续关押我们。有一次他们说，星期六不行；又一次他们说，负责的指挥官在休假。大使告诉我，他们的司令对他说，为什么忙着要走啊？

姑娘们可以尽情享受享受。"

玛尔阳压低声音笑起来，不说话了。伯尔纳愁眉苦脸地对她说："请你原谅。"

玛尔阳惊奇地看着他说："你做什么了，要我原谅？你……"她两手扶着桌子对我说："你是否将会发表我说的一切？"伯尔纳说，他会尽力做的。但是，他不会做出承诺肯定能发表这些情况。

她双眼避开我，我说："我现在不能肯定，但是我会努力的。"

她问我："你在哪家报社工作？"

我说："在埃及的一家报社。"

她点头说："我明白。"她沉默了片刻说："实际上我不明白，我不知道你要我从何说起？"

我说："我先认识你吧。"

"你说得对。我的工作……我原先在黎巴嫩南部的一个难民营工作。我跟别的外籍女护士一起工作，帮助当地的巴勒斯坦医生和护士。你是否知道那里的难民营？"

"不知道。大约二十年前，我去过贝鲁特。但是，我没有去过南部。"

"即使你那时候去过，我也不认为你现在还会认识它，即使在战前，据说难民营二十年来已经面目全非，它已不仅仅是难民营。两年前，我见到它的时候，它已经像是一个村子，或者是城市的郊区，有七八百间房屋，住满无家可归的巴勒斯坦人和黎巴嫩人。"

玛尔阳又一次沉默了。伯尔纳插话说："玛尔阳，听我说，我们不想使你为难。我只记下你说的一些要点，我可以把它转交我的同事。"玛尔阳打断他的话说："不，恰恰相反，我要让你的朋友听一听那里发生的事情。"于是，我拿出一个录音机，放在她的面前，我不再说话……她还提醒我，磁带完了，该换一盘了。

她说："我仅仅说一些我亲眼目睹的事实。六月七日上午，飞机来了，开始轰炸。我们便在门诊所的地下室里准备隐蔽所……我忘记告诉你，诊所并不是战地医院。我们的工作原来只是医治身残、智弱的孩子，同时提供一般的紧急救护。然后，把病人转送往医院。我们有两位挪威女同事，她俩对炸弹的爆炸声很不习惯。我虽然经历过空袭，但是我也很害怕。我们听说两天前有的集中营发生了屠杀。所以，我们下到隐蔽所，就是诊所的最底层，迅速为孩子们准备了地方，把他们转移到那儿。我知道空袭一般要持续半个多小时。空袭后，一般都会有死伤。房屋倒塌，到处是残砖破瓦，一片狼藉。碎砖烂瓦旁边，还有飞机撒下的阿拉伯文的传单，要求居民离开难民营，轰炸马上就要开始。过了一会儿，轰炸没有马上开始。可是，没过多久，就真的开始了。第一次空袭后，受伤的伤员还未包扎完，男护士们用担架抬着重伤员，奔向救护车。女护士每人怀抱一两个受伤的孩子，随同人们争先恐后地跑进地下的隐蔽所。炸弹纷纷落下来，在诊所附近的人便赶紧跑进诊所，因为诊所上面飘扬着红新月和红十字会的标志旗。诊所的墙壁都漆成了白色，不是轰炸的目标。人们涌进医院，我们要求躲进诊所的健全的人帮助我们，为地下室的妇女和儿童准备地方，动员他们为源源不断送进诊所的伤员做些初步救护。晚上，当新一轮空袭前的警报响起来的时候，我们忙着处理空袭中受伤的伤员。接着，传来沉闷的连续不断的爆炸声，整个大地在颤抖。

"有人惊恐地说：'坦克来了，重炮来了。'接着又来了一些新伤员。他们是在诊所被炸时，被玻璃碎片打伤的。大部分人是从家里或临近的隐蔽所涌进诊所时受的伤。他们怀里抱着孩子或搀扶着母亲或妻子来诊所求医。他们没有察觉自己的头部或胸部也受了伤，血流不止。有的人呼喊着冲过来，他们的衣服和身体都着火了。所以，许多人刚进诊所就倒地死去。我们最多只能用镇静剂和药膏给他们进行急救。我们帮助医生处理紧急的手术，可是，我们并未接受过培训，甚至有的医生也没有受过培训，不知如何处理截肢、眼外伤、脑外伤等未曾想到的外伤。可是伤员接踵而至，医院拥挤不堪。原来的伤病员、残疾儿童、能走动的都用双手捂着耳朵乱叫乱跑。有的人还想跳窗，躲避震耳欲聋的嘈杂声和爆炸声。当时，我们女护士在这种情况下很难了解他们的情况而给他们某种关照。这时，炮击停止了，比利时医生弗朗西斯冒险乘着一辆救护车，载着一些重伤员朝难民营入口开过去，他说他要让以色列人允许……不到半小时，他回来了，说，以色列人拒绝接受这些重伤员。他们说除非把恐怖分子交给他们，否则他们决不提供任何帮助……弗朗西斯博士轻声地在我耳边说：'我能够把我接受的十个伤员送进塞达的黎巴嫩政府医院。'他又说，'那所医院也挤满了人，情况和这边差不多。'他没有时间多说了，我也没时间再听他说。我们诊所的药已经用完了，我们用来急救的只有空话，只能在死者的面部盖上一块白布。

"天刚亮，一切都结束了。我是说，难民营里的一切都完了，房屋、人和其他的一切。当我在清晨走出诊所，我已经不认识那个地方了。没倒塌的房屋仍然在燃烧，倒塌了的房屋冒出火苗和黑烟。有些人在废墟中寻找他们的亲人或亲人的尸体。他们跟我一样不停地咳嗽。除了咳嗽声、呻吟声，听不到别的声音。可是，你不知道声音源于何处，是从未倒塌的房屋中传出来的，还是从房屋的废墟中传出来的。地上到处都是尸体和残肢断臂。隐蔽所周围也一样。对这些隐蔽所，我还要多说几句。它们挖在地下，用混凝土覆盖着，可以抵御空袭，炸弹不会直接穿透屋顶，它可以防止弹片。可是，在重炮的轰击下，大部分隐蔽所变成了躲在其中的人们的坟墓。他们重重叠叠地堆在一起，有男人、有女人、有孩子。我亲眼见过一个隐蔽所，它已经变成了一个小小的湖，湖面上漂浮着人头、大腿、手臂，还有整具的尸体……"

我发觉女护士的声音哽咽了，她双手示意我关掉录音机。于是，我按下机上的停止键。她泪流满面，不能自已，不断地用手指擦抹眼角。她对我说："对不起，我是一个职业护士。我一生中见过许多痛苦、许多艰辛。我已习惯于忍耐。可是，这次我……"

我用软弱的声音对她说："让你说起这些，又使你受折磨了，够了。"

断断续续的警报声又在耳边响了。我头晕目眩，真的希望她不再说下去。可是，她说："不，无论如何我要把所见所闻都说出来，你应该把它发表刊登出来。"

我向伯尔纳求援。他手托下巴，嘴巴微微张着，注视着我们。他说："玛尔阳，我已经告诉你，我写了简辑……"

后来，他又自言自语地说："我过去一直认为，我们比鞑靼时代稍有进步了。"

玛尔阳答道："我不明白你说些什么。我还没有生儿育女。我内心很痛苦。当我眼见那儿的母亲、孩子所遭受的种种折磨后……"她控制住自己的激情，坚定地说道："我们接着来吧，最后录的一段要不要重复一下？"

我喊叫着说："不要！"

然后，我赶紧纠正我的话："我的意思是说，录的声音清楚，我能听懂。"

"好，我们就从停下来的地方接着录。要补充的不多了。"

怀着沉重的心情，我按下了录音键。玛尔阳接着说下去："我哭着跑向诊所，决心学弗朗西斯博士昨天的样子，去求求以色列人。我知道，驾驶救护车的司机，若是一个巴勒斯坦人，以色列人会马上把他弄死。于是，我自己驾着车，拉来一个荷兰籍女同事，把需要急救的重伤员弄上车，其中一个病人是位女士。她来自拉希底叶难民营，丈夫已经被捕。她到了我们这边的难民营后，在空袭中肩头受了伤，手臂肿胀着，内有弹片和淤血，需要截肢。可是，我们没有设备，也没有药。我想带着她去黎巴嫩政府医院，但是医院已经满员，没有地方了。于是，我把她送到一家私人医院，这家医院过去跟我们有来往。我见了院长，他名叫厄萨·哈姆德。

"他很礼貌地把我带进办公室，坚定地说，他不能接受我的病人。他说，医院是他个人的有声誉的私人医院，但是我的病人太脏，他必须维护医院的声誉。总之，说什么也不行。我只好转回去，把病人扔在黎巴嫩政府医院的门口。我的女病人已失去知觉，我不知道她是否还活着……后来，我回到难民营。难民营已经被以色列人控制了……他们逮捕了所有的巴勒斯坦的医生和护士，把受伤青年都赶了出来，打他们。弗朗西斯博士对他们说，他们医院里的医生和护士都被抓起来了。可是，我有伤员，有病号，他们是孩子、妇女。我需要这些医生，有一个士兵对他说：'你闭嘴！恐怖分子，闭嘴！也许我们回头把你也抓起来！'"

玛尔阳说着，磁带在转着。我只听见断断续续的警报声和不连贯的话语……隐蔽处、废墟、挪威大使、难民营……最后，我听见一声长叹，玛尔阳提高声音说：

"你想问什么具体的事情吗？"

我不假思索地说："我想问，你是怎么样离开黎巴嫩的？"

玛尔阳吃惊地盯着我答道："一开始我就已经告诉了你。我再说一遍，他们把我关在诊所里无事可做，挪威驻特拉维夫大使进行了干预，才释放了我们。"

警报声变成了叮叮当当的铃声，我下意识地说：

"对了，我很抱歉，可是，原先你为什么去黎巴嫩呢？"

我察觉她脸色有愠怒便赶忙道歉。伯尔纳脱口对玛尔阳说："我的朋友想知道你为什么冒险去黎巴嫩工作。坦率地说，他想知道你的政治倾向，是这样吗？"

我点头肯定他的意思，说："这正是我想问的。你是否是——"

玛尔阳提高声调打断了我的话。她说："我什么都不是！我不是共产党人，也不是左派人士，也不在红军里。以色列人为了中伤我们，说我们是红军里的人。其实，任何党派或组织，我都不参加。"

"那么，你为什么——"

"我跟我的丈夫……他是一位医生，看见招工的广告。他们需要一名医生和一名护士，为残疾儿童治病，而这正是我们的专业，所以我们提出申请……"

她迟疑片刻，接着说："不过，我承认第一次作为护士去过那儿之后，我又去了那儿。因为我不相信我见到的一切，我不相信一个国家的人民能够容忍杀戮、他们的生命如此不珍贵。直到现在，我仍然不相信，成千上万的人死去，仅仅是因为有一个人在伦敦被人射杀。"

停了一会儿，我又把伯尔纳开始时说过的话重说一次："请你原谅。"

她说："可是我究竟做了什么，你也要我原谅？"

我再次陷入沉默。耳边好像响起了警报声。当她站起身跟我们握手道别时，我再一次表示歉意。她不耐烦地说："我不懂，为什么你和伯尔纳要向我说道歉。我希望你们俩做点儿实事，写出事实。"

伯尔纳握着她的手勉强微笑着说："我们写出事实会比你在黎巴嫩拯救伤病员更困难。相信我吧！然而，谁知道呢？"

我和伯尔纳一言不发地走在大路上，我突然想到，如果我当初帮助优素福出版他那位百万富翁朋友要出的那份报纸，我不就能够把玛尔阳的证词写出来了吗？我还想到，我有个朋友，在巴黎办了一份阿拉伯文杂志。他曾建议我给这份杂志写点儿东西。

我轻轻地说："在欧洲用阿拉伯文稿出版有什么意义？我们在为谁说话？"

伯尔纳在想自己的事。这时他转过身来对我说:"有时候我们健忘,我们的职业不就是要讲话而不惜代价吗?"

我大笑起来。伯尔纳说:"你怎么了,为什么这么大笑?"

我停住脚步,困惑地对伯尔纳说:"你问我这个?你是什么意思?"

我站着,注视着他吃惊的脸,举手跟他告别。我回到家里吃了两片阿司匹林,坐到书桌前把录音机和磁带放在桌子上。我整理了一下堆满报纸的桌面,把剪过的报纸扔到一边,把没有看完的报纸整理好,放到书桌的一角。

我用铅笔试着写了几个字,又削了几支铅笔,把它放到笔记本旁边。我定睛看着摆在桌上的孩子们的照片,然后举目望着墙上微笑的阿卜杜勒·纳赛尔。我问他:"我写点什么呢?"我对他说:"我做点什么呢?我都尝试过了。我写过篇幅超过半张报纸的专题文章,标题是《贝鲁特的屠杀使欧洲震惊》,我还写过《欧洲国家批判以色列的立场》,还在另一篇文章中大段大段地摘引红十字会和人权社团的报道。他们描写医院被炸、使用国际上禁止使用的磷光弹、子母弹,可是,这些都没有下文。为了能发表这些文章,我每次都极力缓和语气。我只摘录和引述中立派的材料,而不自己表态。我提到过一个美国众议员,他在从黎巴嫩回国的路上,在这座城市停留过。他说,在黎巴嫩发生的事,是我们时代的罪过。我还直接引用他的话。他说:'美国每天给以色列八百万美元的援助。可是,这笔款项却被用来屠杀贝鲁特的妇女和儿童。'还有美国参议员建议削减对以色列的援助的消息,等等。"

我还能干点儿什么?我还写点儿什么?我如何处理玛尔阳的证词?一个挪威女护士在贝鲁特的见闻……尸体的统计数字打破了纪录……我还能做点儿什么?

我手握铅笔,一直坐在办公桌前。然后我走进厨房煮了一杯咖啡,这次我放了两倍的咖啡。我把咖啡壶抓在手里,让它在火上翻腾,看着它冒泡，直到它缓缓流出来。我举起咖啡杯说："是啊，伯尔纳，确实比在贝鲁特救护伤病员更困难啊！"

我喝完咖啡后，感觉到我的心剧烈地跳动起来。我坐到办公桌前，抓起铅笔写下一个标题《挪威大使抗议关押女护士》。接着，我抹掉了这个标题，在纸上画方格子，画金字塔。

我拿起一张简报，它是巴黎出版的阿拉伯文报纸上的文章。作者问道："沉默到几时？……什么事发生了？难道我们的鲜血不在昨天流淌，不抗议法国人在大马士革、突尼斯的暴行，就要求撤军吗？结果怎么样呢？人类奋起援助他人的侠义哪儿去了？别再说人了，森林里的豺狼为了对抗一只猛虎或一只狮子，也会聚集在一起进行自卫，它们靠的就是义气。难道我们人类连豺狼和野兽都还不如？"其余的简报都重复着类似的问题。这是怎么啦？为什么？可耻……沉默……阴谋！

我问自己，那么我还能说些什么呢？

我问自己，谁能向这些作家进行动员……我们提出问题，又有什么意义？阿拉伯人都在某个神秘的地方销声匿迹了。我们等待他们出山，等待他们代表我们大家行动起来。

怎么办呢？我站起身，在屋子里转圈。

再烧一杯咖啡吧……那又有什么用呢？

我活动的天地实在太小，我走出屋子，走了几步，又回到办公桌前。我站着抓起一份报纸。报纸的第一版上有一张图片，我看见过这张图片，读过这条消息。这时，耳边传来刺耳的铃声。我一屁股坐在椅子上，两手颤抖地抓起报纸。我说，也许我没读懂。于是，我把这条消息又读了一遍。没有！毫无希望。不必读读过的消息。我的确读过了，一无所知的那一刻永远不会回来了。是的，大诗人哈利勒在贝鲁特自杀。这事发生了，完了。你不会不知道。

我离开大厅，穿着衣服往床上一躺，双手压在胸前。好像只有这样，我才能使我的心平静下来。

你很珍惜你的生命吗？你害怕心脏的急速跳动吗？你害怕耳边的铃声吗？不用怕！你死不了！你的石头般坚硬的心能够承受诗人的死讯。浓烈的咖啡你也不用害怕。只要你的心脏在跳动，你就还活着。你别怕，你不会有事的。

我从床上跳起来，再次走进大厅，站在阿卜杜勒·纳赛尔面前。我问他：为什么信赖你的人、有理想的人会死去？他看见我们了……我们清晨在尼罗河中、在约旦河中、在幼发拉底河中沐浴。我为什么对他说谎？为什么你家里养大的人会背叛你、背叛我们？谁出卖了你，又出卖了我们？为什么你不为自己辩护、不同我辩论？哈利勒自杀了！你想说些什么？我们能够做些什么？为什么哈利勒一无所有，只有满腔的肋骨？他用这些肋骨铺了一座坚固的桥梁，从东方的洞穴、东方的沼泽地通到新东方？什么新东方？那儿只有洞穴、沼泽地和厄萨·哈姆德吗？为什么你要他开枪自杀？他的武器没别的用处了吗？你的看法怎样？

你别哭！特别是你不要哭！不要喉头发出这种声音！不要什么共和国总统的决定，使苏伊士运河公司国有化。不要建立一个强大的国家，它既能自卫、又能威慑，既能自强又能离散。不要在耳边响起这种铃声。我承受不了！你听到了吗？

散落地下的是些什么玻璃？

从哪儿传来叮当之声？

谁在嘶喊？

什么东西倒了？

第七章　迷人公园里的温馨之夜

原来是什么，还是什么。

然后，宁静了，变美了……黑猫追逐老鼠，老鼠追捕怯弱者。然后，猫把炸弹放进怯弱者里面，让炸弹在老鼠体内爆炸。于是，老鼠把怯弱者扔给了猫。猫被炸了，猫倒在地上，四脚朝天，但是燃烧的仅仅是猫身上的毛和尾巴。结果，猫还是猫，照旧追捕老鼠。

后来，来了一个人，胖胖的，大笑着要打另一个瘦瘦的人，或者反过来瘦的打胖的，后来查理来了。他说明天太阳升起，百鸟歌唱，鲜花盛开。他饿了，就啃鞋子。我对查理微笑。眼睛疲劳时，我打开身边的收音机。于是，从收音机里传出柔美的音乐。它告诉我，你睡吧，睡吧，睡吧！于是，我就睡着了。

白天，我散了一会儿步。然后，我在大厅里待了一会儿，看电视，又跟我的同事聊了一会儿。大厅里的电视播放的节目，跟我挂在床头的小电视播放的节目完全一样，没有什么新消息，没有什么好节目，没有反映一个真实的世界，只有动画电影、医药广告、牙膏广告。银幕上漂亮的女郎，露出她们洁白的牙齿和开心的微笑。这是心血管部门的大厅。我们喜欢医院白色的大褂儿，它使我们有赤裸裸的感觉。

我们用睡眼惺忪的眼睛看啄木鸟、懒狗、等等。我们开怀大笑。大约六七点钟时，女护士们手里拿着水杯和镇静药片，嘴上带着安详的微笑来了。于是，我们返回病房去睡一个好觉。第二天早晨醒来后，仍然看猫追老鼠……

大夫对我说："你是幸运的。倘若当时伯尔纳用他的车运送你，那你就完蛋了，因为你血管里有一个血栓正在朝着心脏流动。"大夫对我说："这次心脏病之后，你应该学会控制自己的情绪，不要激动，要吃喝适度，不近烟酒。"我对他说："我戒烟多时了。"他笑着以教训的口吻说道："你呀，付出了多年的代价。"这位大夫很年轻。据说，他很聪明，是个天才，他对我不抱希望，但是镇静药片非常好，我很快就能入睡。而且我睡的时间长，连稀奇古怪的念头都没有了。

伯尔纳常常来探望我。他要去幼儿园看望他的越南孩子。那孩子只有四五岁，长着圆圆的小嘴，两只大眼睛透着机灵。他搂着伯尔纳，不和别人说话。凭经验我就知道孩子的羞涩感轻易改不了。我希望他有一天对我不认生，成为老朋友。所以每次他来，我就给他几块儿巧克力糖。这些糖是优素福第一次来看我时带来的。然后，我就同伯尔纳谈我们的事。我对他千恩万谢，因为是他救了我的命。他大笑不止。他说，实际上他也救了他自己；如果我在会见玛尔阳之后出了事，他会感到有罪。他说，会见玛尔阳之后，他从我眼中看出某种迹象，使他不安。他打电话给我，也听不懂我说的话，只听见喊声、电话筒落地的声音。所以，他知道出事了。我常常在病房或大厅里跟病友说起这件事。我说，我的命是他给的。

伯尔纳温柔地看着我，听我说这段故事。他接着说，他一定要实验这种药物。这种药能使我失去记忆，变得十分温和，但是，伯尔纳拒绝带给我任何一份报纸。他绝不跟我提起黎巴嫩的事。他说，医生禁止任何刺激我的东西。他严厉地警告来看望我的人，我也不好坚持己见。我喜欢同他说话。他避免说刺激我的话题，他只跟我说他的越南孩子。孩子却抱怨他每晚让自己按时上床，按时睡觉。

有一次，他对孩子说，再不睡觉就要罚他。孩子回答说，这不要紧，他会变成一只麻雀，提前飞走。伯尔纳对我说，每个人都要按时睡觉，第二天早晨醒来后才会充满活力。我明白他的意思。我看着他的孩子说："是啊，麻雀、猫、狗都会按时睡觉。"

孩子突然睁着漆黑的双眼，挑逗地看着我，问道："水里的鱼是否也按时睡觉啊？"

"是的。"

"怎么会呢？"

"鱼在水里有一个小家，它会回家睡觉。"

孩子噘着嘴，轻蔑地说："我们家鱼缸里的金鱼也会按时睡觉吗？"

我转脸向伯尔纳求援，他笑着说："金鱼不睡觉。如果你不按时睡觉，你肯定会变成一条小金鱼，懂吗？"

这样的谈话，我还难于中断。

优素福几乎每天来看我，我也没办法让他对我说一点儿世界上的新闻。

他第一次来看我时，他妻子也来了。她拉着我的双手，把我当成孩子对我说："你真是个可怜的好人，你要多多注意身体。你现在只能喝点儿咖啡了吧？"优素福不好意思地说："够了，他很好。"

她看着优素福不满地说："你什么意思……他当然很好啊。他有点儿小病，休息几天就能出院。"

她轻轻地对我说，好像要告诉我什么秘密："女护士对我说，你恢复得很好。我们不久就能一起散步了。"

她丈夫点头同意。

此后，优素福单独来看我，像别人一样，他只跟我聊一些令人高兴的事。他最爱回忆他初来此地时的事和他当时找地方睡觉的冒险经历。他说，夏天没有问题，他可以在公园里缩着身子睡觉，远远地躲开警察。但是冬天麻烦就来了。开始时，他很幸运，在一栋楼里面找到了一个大厅。当地的居民用它作仓库，里面有一张床，晚上偷偷地钻进去，可以一直睡到早晨。但是，在一个夜晚，有一个居民发现了他，以为他是一个贼，要报警，他及时跑开了。他说，那天晚上他是蹲在电话亭里过的夜，想在那儿避避风寒。当夜的风很凉，电话亭四面透风。早上几乎冻僵了，走不动路了。他说，一个有经验的埃及人，是他过去在公园里认识的，救了他的命。优素福当时没有工作，也没有在该国的居留证，钱用完了想返回埃及。他觉得回去蹲监狱也比现在好。后来，他认识了一个叫马蒙的人。他是个埃及工人，到了这边，也没找到工作，告诉他如何饮食、如何睡觉，还把他带到一个给穷人免费饭食的慈善机构，每月领到一笔小钱，够他吃一顿晚饭。那天夜晚，他陪着优素福到他的居住地，两个人在夜幕下钻进了铁路仓库，那儿有封闭的单个儿的列车车厢，马蒙有一把钥匙。他用钥匙打开了头等卧铺车厢，车厢内铺着地毯，还有很厚的被子。马蒙提醒他若想长久享受这个住处，必须在天亮之前醒来，赶在仓库工人上班之前离开车厢。优素福说，他俩在车厢里很舒服，住了好几天。有一天，由于头一天晚上喝多了，他们睡得很沉，早晨醒来时，发现车辆飞快地行驶着。他们俩不知道火车开往何处。于是，他们俩轮流着观察火车上的人，从一个车厢溜到另一个车厢。当火车抵达某一个车站时，他俩急忙跳下车，结果发现那个地方的人说着他俩听不懂的话，他俩蒙了。后来，来了一个貌似阿拉伯人的人。他俩问他，这是什么地方……

那个人勃然大怒，认为他俩嘲讽他。经过解释，他才说："这儿是米兰。"那人走后，马蒙愁眉苦脸地说："这米兰是什么鬼地方？"

我问优素福，后来你如何回到这儿的呢? 他笑着说："几天以后，我们又钻进那辆卧铺车厢,从原路回到了这儿。"

优素福对我说起这些坎坷的经历,好像在说笑话。那时候,我每天收到一束搭配得很好的鲜花,花中夹着一张名片,上面写着哈米德·埃米尔恭祝……愿你康复。最后的那一天,我把这些鲜花送给了那些护士,她们异常高兴。

伯蕾吉蒂每天午餐时来看我。她穿着蓝色的衣裙,捧着一束鲜花,微笑着走进病房。当其他病友眼中显出惊奇的眼神时,我感到得意。他们找机会接近我们,跟我们交谈。可是有一天,一个病友在她走后,挤眉弄眼。我的骄傲得意转为羞耻。这是你留在此地的原因吗?朋友,在这个年龄,最好避开年轻、漂亮的女孩。我们的心承受不了。他们的眼神使我感到气愤不已。我说,我不允许有人这么说,因为她只是一个普通的女朋友。她的年纪跟我女儿差不多……后来,她每次来时,我就竭力避开他们,到另一个大厅去,或者到医院的另一层楼里去。那几天,她的话特别多,尽讲有趣的故事让我高兴。我一天天好起来,常常发出咯咯的笑声。她见我高兴,总是大笑不止。

离开医院的前一天,医生把我叫到他的办公室,严肃地对我说,他研究了我的情况,发现我是一名记者。这个工作不利于我的健康,应该改行。听了他的劝告,我差点儿笑了。但是,我向他保证我会尽快尽力改变一下。大夫还提醒我,每天只能喝一杯咖啡,两周后可以停服镇静药片。但是,降压药片应该照常天天服。我说,我明白了。后来,他再次改变方式,重复地说了他的意思。

出了医院,我当即买了当天的报纸,去河边那家咖啡店。在医院住了这么多天之后,又可以在街上散步,呼吸清新的空气了。不过,我不能快步行走。于是,我开始慢慢地享受新的自由。到了咖啡店,我发现入口处的鲜花已经变了样,是夏末秋初的花了,颜色深了,有褐色的、紫色的和深黄色的。

我喝着饮料，读着报纸。但是，片刻之后，我的眼光就转向那条河流，因为报上的标题、统计数字依然如故。千百发炮弹落在贝鲁特。有一份报纸，做了一个比较。它说，昨天落在贝鲁特的十八点五万发炮弹等于二点六万吨炸药；昨天死亡二百八十人，伤残五百人。在一份进步的阿拉伯文报纸上，有一篇追悼大诗人哈利勒的文章说：他是一位大诗人；可是，他错了，他不应该自杀，因为人在任何艰难困苦的情况下都不应该自己倒下去，等等。

收起报纸，注视着窗外天鹅的队形。这时，我身旁来了一个老汉。他递给他的孙子几块儿面包渣，让他扔到河里。一群白天鹅就伸长脖子聚集到窗前抢着把面包渣叼在嘴里。一只小鸭子也挤了过来，天鹅就用红嘴啄赶它。我暗自对自己说：啊，这才是真正的天鹅舞呢。

不久，我注意到伯蕾吉蒂来到我的身边。她看见桌上的报纸堆就紧皱眉头，以责备的语气说："你真顽固。大夫不是禁止你看报吗？"

她热情地在我脸上吻了一下说："你终于回来了，我真高兴。我好久都没来这地方坐了。"

我把报纸扔到远处的椅子上。

我说："伯蕾吉蒂，别这样。但是，我心里暗自决定不再读报，不再看新闻，有必要吗？你说过：'不是我们造成了流血，我们也不能阻止流血。'"

"好了，一个理智的人，终于回来了。"

然后，她哭着说下去："我真不应该爱上理智的人们。"然而，我却低着头，使劲不让眼泪落下来。

此后，我们每天见面、聊天。但是，一切都跟往日不一样了。病后的我已经变了，而且她也变了。是什么原因使她改变了呢？是什么？她的话少了，心不在焉，也不再同我叙述她陪伴游客的故事。这是为什么呢？

这些天里，我还有一些变化。我停止服用镇静药片之后，心情怪怪的，时而激动，特别是在晚上，当我坐在家中看旧的埃及电影录像带的时候，泪水常常使我的双眼模糊。我看见法蒂·哈玛迈①受折磨，或者看见凯马勒·雪纳威无缘无故地离开已经怀孕的夏蒂娅，我就止不住泪水。我擦去泪水，关掉录像机，想笑出来。我想起年轻时看这些电影，还曾经对这类电影加以嘲讽呢！我感叹国内的电影艺术太落后了，不知现在的情况怎么样？

每当我听到电话中传来孩子们的声音，我的眼泪也会夺眶而出。有一天，女儿告诉我，她得了七十分，我就哭了。我让她马上申请加入马术俱乐部。她说："谢谢你，老爸。你怎么变了？你过去不这么爽快的。"当我庆贺儿子考了优良，我就用颤抖的声音说，我为他骄傲。我说，我原谅他。于是，他很惊奇地说："你原谅我什么事？"我重复地说，我原谅他，并且在我泣不成声之前，赶紧挂上电话。我还很难在伯蕾吉蒂面前控制自己的泪水。如果她午间迟到，我就严厉地谴责她。她不得不解释、道歉，两眼露出惊慌的神色，因为她发现我这时把脸转到了一边，双手捂着脸，不哭出声来。最后，我不得不对她坦露心迹。她说："对我来说，你这样做，已经比从前好多了。我对你说过，我很喜欢理智的人。既然你有烦恼，为什么你不去问医生？"可是，我的医生什么也不明白。他按惯例为我做仔细的检查，还让我做别的一些检查。验血结果出来后，他说："好多了。"可是，我自己觉得还是那样没有什么变化。当我再次向他解释我的感觉时，我很难控制自己的泪水。然后，他给我写了一份转院信，要我去看眼科医生。他说："如果眼睛一切正常，我再让你去看心理医生。"

我差点儿要骂这个医生了。我拿起他开的转院信就匆匆离开了他的诊所，走下楼梯时还在生他的气。我感到我又犯激动的毛病了。于

---

① 法蒂·哈玛迈，埃及现代著名女电影演员、制片人。

是我在大门口停住脚，进行深呼吸，让自己平静下来，回忆我把车停靠的地方。我回到大街上后，清新的冷空气迎面扑来，我才真正平静下来。

我漫步在长长的大街上，寻找我的汽车。可是，我却找不到，在街道的一角，我用手挡住光，辨认排在街道两侧的车辆。顷刻之间，我忘掉了车，也忘掉了一切别的东西。我自言自语地说：我怎么没见过眼前的东西啊……我怎么什么也想不起来了？今年提前来到的美丽的秋天，怎么会从我眼前消失呢？

街道两旁的树叶不再有绿色，在阳光下的树上挂着闪光的柔软的黄叶。每一棵树都像一朵巨大的花。色彩斑斓，绿中透红，还有我无法形容的其他颜色。微风吹动着树叶，树叶如同金黄色的蝴蝶，缓缓地飘落到地面，在树根下围成了一个圆圈。树下还有另一棵黄色的树也在微风中颤抖，发出轻轻的沙沙声，让人思绪纷乱。

我放眼观望碧蓝的天空，再看看地上褪色的树枝，久久地站立着，思绪凝滞，让泪水任意流淌，心里好像有一个声音在说：在柔软的金色的火中，我的灵魂将敏锐万分，重新复苏。我撕碎了医生开的转院信，让风把这白色的纸片吹散，撒在树叶之间。

就在伯蕾吉蒂说她爱我的那一天，爱的潮水涌向一个毫无准备的泳者，并且使他淹没在浪花中，呐喊、拍打着双手、漂流着……这不会是欺骗吧？这一天，我漂浮在浪花上，高兴、骄傲，她——一个美丽的小姑娘，爱上了我这个老头儿！她为我流泪、颤抖，还轻声细语地对我说："发生什么事了？我是谁，能得到这种快乐？"

我也扪心自问：我是谁，得到这种快乐？在这场战争中，在我这把年纪，还这么快乐，是否是一种耻辱？

当她在咖啡店门口离我而去的时候，她说，她必须离开我，她担心真的会爱上我。我站在路中间，像是一棵树，充耳不闻，视而不见。只有那句话："我担心我真的爱上了你。"这是什么意思？我不去想。我让它潜入我的灵魂深处——干瘪的、破碎的灵魂，没有得到雨露滋润的灵魂。

我担心我已经爱上了你！

一条白帆船迅速穿过蓝色的波浪……

当夜，她说话了。她的声音从电话中传出来，轻轻地责怪，说："我可以来看你吗？我们见了面，我的一切算计就都站不住脚了。我准备要回击你，使我自己恢复理智的话语都遗忘了。我刚见到你，就把你搂进怀里，吻你的嘴，拥抱你，然后推开你，看看你的脸。我相信你就是你，我就是我，接着我再次拥抱你。"

我们在不喧哗的街道上行走，我拉着你的手，你拉着我的手，你好像跟别人说话。你说：这不公平。我从前没有遇见过你，没有爱过你，我不明白你究竟什么意思。你接着说，我这把年纪遇见你，爱向我走来，这太不公平。我们相视而笑。我们惊喜交加，你走得很快，拉着我的手，轻捷地走在路上，像踮着脚尖走路似的。我们不知不觉地走进了那座花园，怀着对你的爱，我走在月光照耀下的园中小道上。美丽的夜色像一层薄膜，把我们罩住。我们拥抱在一起，你的头靠在我的胸上。你摸着我的手问我："你觉得冷吗？"我说："不冷。"你微微抬起头，迷惘地喃喃说道："这一切正常吗？我们是否是在梦中？"

我说："即使这是一场梦，也是一个多美好的梦啊！"

夜色中，一只鸟醒来，在树上拍打着翅膀。一片树叶从树上掉下来，掉到我的头上。你高兴极了，把树叶放在双唇间，转脸看着我。我看着月光下你的圆脸，在金色的发圈中微笑。你下巴上、脖子上我喜欢的皱纹显出来了。你问我为什么喜欢在灯光下吻你，我说我喜欢看你的脸。你推开我，我眯着双眼看着你，我几个月来都眯着双眼看着你。你紧闭双眼，让我吻它们。你的手抚摩着我的头。于是我又吻你一次。

我好像听见你在说："对不起，你咬疼我了。"于是，我收敛一些向你道歉。你的头枕在我肩头上，你说，你要这种痛。然后，你吻我的脸、前额，你气喘吁吁地说："对我们来说发生什么事了？"我对你说："我喜欢你，像一个小伙子，年龄又算什么！"你清纯地大笑。你的头靠在我胸前，你说："难道你不知道相爱的人都是小孩？没有年龄，爱就是一个小孩儿……"我知道她在说谎。但是，这是多么美好的谎言啊！这是多么美好的梦幻！我喜欢你，你跟我一起待在公园的夜色中。你不像个小孩儿，我也不像一个成年男子。我们俩是银色月光中的一对情人，没有年龄之别，在爱的心中，在永恒的时间里。我爱你，你跟我在一起……

这就是开始。在这个夜晚，我们俩合二为一了。在这个爱的夜晚，我们变成了一个整体。我离开你的家，走在微弱的灯光下漆黑的石头房屋中间。我觉得冷。于是，我把双手放进大衣口袋里，并且加快了步伐。

可是，我并不想回家，也不想被禁锢在某一个地方。我宁愿掉在这个很厚很厚的听不见任何声响的围墙的世界里。你和我去到另一个透明的温柔的世界，没有砖墙，没有约会，没有报纸，没有饥饿，没有死亡，没有往昔的忧虑，也没有未来的突发事件……一个我们共同缔造的世界，没有年限。一个磨去了过去的世界，一个有利于眼前、只有欢乐的世界。只有欢乐！这种愿望，像瘟疫一样把我们俩同时击中。

这一夜使我魂不守舍。连着几夜，你愿意我们彻夜不眠……似乎明天永不会来，似乎我们在猎取欢乐，好像我们不这么做，欢乐就将永远消失。

我们爱在一起。我为你颂诗，你为我念词。我们在深夜里拥抱着，在寒冷空旷的大街上散步。然后，我们回到家，一切都重新开始。我不信我跟你在一起真的忘记了年龄。所以我特别珍惜新婚之夜，不愿流走片刻的时间。

你有自己的生活方式，你喜欢蜷着身子躺着，双膝翘在胸前，眯着双眼，嘴含拇指轻轻地单调地吮吸。我俯身看你，你假装睡着了，发出喃喃的呓语，像一个孩子在咿呀学话。突然，你张开双臂，把我搂住，柔声地说："吻我，吻我，吻我的全身。"我知道你喜欢童年……你是一个成熟的完美的女人。

我明白……可是，我怎么才能弄明白对我发生的一切呢？我为何能够在晚到的秋天跟你旺盛的青春相匹敌？跟你在一起，我便陷入夜的旋涡而不溺死，高血压和头晕眼花怎么一下子都没了呢？

当大夫为我进行定期体检时，我差点笑了。他说："瞧你，完全正常。你听从我的劝告，不激动、不过分认真了，对不对？"

我说："正是。"

他说："你是否已经改行，不搞新闻了？"

"不搞新闻了。"

"这太好了。在你当前的情况下，你最好回避引发高血压的事。"

我没有对医生说谎，我的确有相当一段时间不给报社写文章了，也不同它联系了。他们为此感到高兴，我也觉得很好。

我怎么会觉得很好呢？那几天，我突然觉得我应该努力做一个好儿子、好丈夫、好父亲，一个有原则的人，一个有良心的记者，一个稳重的老人，为子女的将来运筹帷幄，死而无憾。我意识到，我真的很努力，不追求身体享受，只求内心快乐，我一生知道什么是享乐。在生命结束以前，不止一次地享受那神圣的快乐。我意识到这几个月里同伯蕾吉蒂在一起时，我找到了这条路，去追求长时间追求的真实。但是，我并不知道我在一直不断地扮演不同的角色。在种种面具之中，失去了自己的真面孔。我的扮演并不高明。我的两个翅膀是蜡做的，在真正的阳光下都融化了，慢慢地融化了，几乎使我死去。最后，我倒在地上，还有什么幸福？

我现在是谁？我终于明白，我现在是谁了。我这个人无足轻重，任何时候都是无足轻重的，一个清洁工的儿子，编辑部的副总编。我去到塞德港，我登上了也门山岗，如此而已。可是，在你后来的生活中，你又做了什么？正如易卜拉欣说的，你以折磨自己为乐。你比不了玛尔阳，比不了易卜拉欣，甚至比不了穆勒尔。你面对一场真实的战争，你很快就单独求和了。你还认为你自己牺牲了，成了一个烈士。什么烈士？不正是为你软弱、贪婪做出了牺牲，从中偷取幸福？最后倒在地上，又有什么快乐？失去了过去的一切，就是为了找到你，伯蕾吉蒂！

现在剩下的就是幸福，只有幸福。

对不起，埃米尔。我向你靠拢。我留给你的，只有沉默，高贵的沉默。你命中注定，我不是你。我只不过是个被欺骗的老人，唠唠叨叨。

对不起，埃米尔，留给我的是幸福。

易卜拉欣，请你原谅我。在我生命的末年，幸福回来了，不是惩罚我，而是使我享乐。

第八章　让今天慢慢过去

这几天我特别爱忘事。哈米德·埃米尔的事我忘在脑后了。虽然我出院后同优素福一起给他发了一封感谢信。后来，我就把他办报的计划一股脑儿忘掉了。不久，优素福跟我联系上了，他告诉我埃米尔想见见我。优素福说话的语气坚定，我便同他约定了时间。

优素福陪我去埃米尔住的旅馆。他的套间临河。旅馆也是上个世纪的式样，有宽大的高高的窗子，周围环境很好。铁围墙后有整理得很好的夏日花园，形状好似小小的心脏。

我和优素福乘坐慢慢上升的木质电梯，直达旅馆第三层楼。我说："这位埃米尔真特殊，为什么不像其他阿拉伯富翁那样下榻一座现代化的旅馆？"

他神秘地答道："当你亲眼看见他之后，你就会知道他这个人了。"

走过关着房门的几间房间，转入一个大厅。通过窗子看得见河流。我们等待片刻，一个身着白色罩衣、戴着白色手套的侍从为我们送来冰镇的饮料。

我看了一下手表，正好六点整。刚才接待我们的那名亚洲警卫打开了大厅的房门，扶住门站在一边，这时走过来一个男人，后面跟着一位手握笔记本和笔的褐色女郎,我知道这个人就是埃米尔。优素福立即站起身。那个人对他说:"欢迎你,优素福。"

我也站起身来,他伸出手向我走过来,友善地说:"教授,欢迎你。"

他使劲握着我的手,说道:"安拉保佑你,我一直想见你。"

我连声感谢埃米尔。他在我对面的沙发上落座后,伸手说道:"请!请坐,请坐。"落座之后,棕色头发的姑娘举着手中的笔记本,用英语问我们喝点儿什么。

埃米尔眼睛看着优素福,用纯正的英语对他说:"我想我这位老朋友最喜欢喝陈酿啤酒。"

优素福点头称是。埃米尔转眼问我,我说:"喝咖啡。"

姑娘说:"您呢?"

哈米德·埃米尔,大约三十五岁。他圆圆的脸,下巴刮得很干净,皮肤较白,但是有着明显的东方人的面容。那乌黑的头发和炯炯有神的双眼更说明这一点。他穿着一套深蓝色的西服,系着一条天蓝色的领带。他个头不高,人很精干。

埃米尔看着我重复说道:"安拉保佑你。我一直对你的健康不放心。"

优素福热情地说:"我把殿下的问候已经转达给他了。"

我说:"谢谢殿下。我生病期间,承蒙您的关照。您每天送的鲜花都给我带来康复的希望。"

他背靠金色的沙发,从内衣口袋里拿出来一串琥珀色的夜明珠。

"送给你鲜花,这算不了什么。应该,应该。当年,我在埃及读书的时候,就是你的忠实读者。此后,我一直关注着你。"我接过话来说道:"真不敢当。"

他转动着手中的夜明珠说:"你的文章在报纸上少了,我感到很遗憾。当然,情况变了。"

接着,他从容不迫地回忆着说道:"我认识你们总编。他认识贵报驻我国的记者……我们相处得很好。"

我说:"他是我的老同行。我们的看法不尽相同。但是,他是一个好人,我在病中和病后他都对我很好。"

这时,警卫打开门。仆人戴着白手套走进大厅,把饮料摆在我们面前后离去。埃米尔看着他的背影说:"事实上我已经对优素福说过,我的想法是办一份小报,刊登阿拉伯名家的手笔。他们都是进步的民族主义作家。当然,我也知道你崇拜纳赛尔。如果有人说,我们反对纳赛尔,那他就错了。相反,我们,至少是我吧,我认为纳赛尔是本地区唯一有所作为的人。过去没有人关心我们,是他使我们国家得到了世界的尊重。他去世以前,已经知道苏联人一直在欺骗他。他知道跟美国作对对我们没有好处。眼看着他就要改变立场,可是……"

这时候,埃米尔想到了什么,轻轻地笑了。他说:"安拉保佑他。他终于了解了人民的心情。你知道我们对拜谒先人陵墓的看法。他在1967年中东战争失败后前往栽娜卜墓前参拜时,我对此抱着乐观的态度。可是,后来时间不允许他做更多的事。"

埃米尔低着头看着手中的夜明珠,叹息一声,他说:"你瞧,我们现在都到这里来了,看看现在黎巴嫩的情况……"

我说:"我不清楚黎巴嫩或者别的地方发生的事,医生……"

埃米尔插话说:"我知道……我知道大夫不让你激动。我也很注意,不会让你面对任何可能引发心脏病的事情。相反,你还需要一段康复时间,我现在只想让你参与理论阶段的设想。我已经跟优素福说过了,我希望你冷静地考虑一下对这一份民族报纸的设想,不走欧洲在此地办报的老路。你怎样参与呢?……哪些作家可以帮助我们以新的民族主义思想的设想推出这份报纸?你采用一种什么式样?……周报还是半月报、还是日报……诸如此类的问题……"

我谨慎地说:"殿下,您知道,您首先需要知道,出版一份报纸是一个很花钱的项目,而且每期都如此。所有的问题都是次要的,主要的问题是读者的数量以及筹集资金的广告。"

埃米尔斩钉截铁地说:"这方面的事,你不必担心。我担任项目的财务主管。我确实知道不管是周报还是日报,印刷费用都高,发行费用也大。目前我倾向发行周报。我不考虑利润,我有能力负担一切费用,我甚至做好了亏损的准备。优素福,我跟你说过,对吧?"

优素福俯身向前坐在椅子上,仔细地听我们谈话,一言不发。眼前的啤酒还一口未喝。这时,他插话说:"事实上,我是想请殿下您亲自把这个项目介绍给他。您了解项目的前景。"

哈米德·埃米尔以责备的口吻说:"你的意思是他需要一段时间康复,重要的事先不说,让他以后再去考虑吗?……我不是已经把这事托付给你了吗?"

我对埃米尔含糊其词地表示谢意,但是埃米尔却说:"教授,我不跟你讲客气。我始终认为真正的作家是我们的财富。他们有良心,有智慧。倘若我们民族的良心不出问题,我们今天会走到这种境地吗?因此,我认为保护我们的作家是最重要的责任和义务。为此,我坚持请优素福安排你出院后就去你喜欢的一个地方,好好地休息、疗养。我会提供必要的费用,这完全是我的义务。"

他转脸看着优素福,眼里带着责备的眼神。他说:"这意味着什么呢?实际上我很惊愕,知道教授今天还留在此地,所以我要见你。优素福,你怎么搞的?我托付你的事至今还没有办。"

我的血直冲脑门。优素福伸手从内衣口袋里抽出一个长信封,把它放在桌子上。他说:"这就是殿下开出的支票。我尚未转交给教授,也未曾花费一分钱。"

我大声打断他的话:"我非常感谢您。但是,我不能接受……我是说我现在还不需要康复或旅行。"

优素福用手指着我说："就是因为这个原因，我尚未执行您的指示。我认为教授不会从我手里接受这笔款子。我说过，您最好自己给他。"

埃米尔用冷漠的眼光逼视着我，把夜明珠缠在手上，转脸手指信封冲着优素福说：

"先把这个放进你的口袋。"埃米尔恢复宽容的面容后，才友善地对优素福说："那么你怎么也想做一名记者呢？优素福先生，记者要真实地反映人们的思想，你本来应该对教授说，这不是赠款，它是一份微薄的报酬，是他参加报纸的策划应得的辛苦费。当然在他的健康状况允许的时候才去做这件事。"

优素福脸上露出了笑容，他说："我还真有做一名记者的计划，埃米尔殿下。"

我想换一个话题，所以我说："刚才谈话间，我突然有个想法……我理解您是想办一份在欧洲出版的别具一格的报纸，对吧？"

埃米尔说："对！我们不要再办伦敦或巴黎那种报纸。"

"可是，眼下的确有相当多的报纸是为生活在欧洲的阿拉伯人办的。因此，殿下您是否认为可以办一份翻译成英文或者法文印刷出版的阿拉伯文的报纸来表达我们的观点呢？……这的确是我们需要的。不久前，有一位从黎巴嫩来的同事就发现很难在此地发表一个消息或者一份宣言……"

埃米尔说："这真是一个好主意！"

然而，他不冷不热的声调暗示他的意思正好与此相反。片刻后，他低头看着夜明珠说："当然，困难有很多……第一，我们从何处找到精于用外文写文章的阿拉伯记者？当然，我们可以搞翻译。可是，翻译作品就不具有原著的效力……而且，什么人阅读这份报纸呢？他只会吸引少部分阿拉伯人，更不会吸引任何一个欧洲人。这就是说，我们的编辑人员有两部分：一部分是阿拉伯人，另一部分是外籍人。这会增加开支。"

我诚恳地说："殿下您归纳得很准确，您对种种问题洞若观火。"

他对此毫无反应，好像他正在想某个别的问题。他说："无论如何，这是一个好主意。你说得对，我们需要时间来面对西方的读者。因此，我们还是先办阿拉伯文报纸。成功之后再出版英文副刊。一个月一期或半个月一期。"

他看了看手表。于是，优素福和我都立即站起身来。埃米尔也站了起来，他说："这个问题请你考虑一下，我等着你的回答。我们已经说过，绝不影响你的健康。别的问题等你休息好了之后再说。"

"我保证。"

埃米尔紧紧地握着我的手说："我知道，你不会失言，下次在我家见面。我不喜欢住旅馆。我的家就是你的家。"他转脸对优素福说："你的任务是保证教授的健康。如果有事，我的秘书会跟你联系。"

我们离开时，优素福脸上洋溢着幸福的微笑。在电梯上他说："你给他上了一课。"

"你什么意思？"

他不直接回答我。他的脸上洋溢着满意的微笑："你知道吗？当他问起钱的事时，如果我不拿出那个信封肯定地告诉他，支票就在其中，会有麻烦。……我都算计好了……我跟他打了一辈子的交道，难道我会不明白这一点？"

我坦率地说："我既不理解他，也不理解你。"

后来，我们便在旅馆对面的河岸散步。河岸两旁整齐的大树，树叶已经褪色，我们脚踏着枯黄的树叶走，随着脚步发出沙沙的声音。不知什么原因，我喜欢听到这种声音。这种声音好像给我带来殷殷的喜讯。为什么？我不清楚。但是，那几天确实给我带来了某种使命感，带来了某种快乐。

我对优素福说:"原来我对这次会见有点儿担心,因为我不喜欢这一类官场上的应酬。但是这位埃米尔的确与众不同,引人深思,令人遐想。"

优素福兴奋地打断我的话说:"我早就对你说过,他与众不同。他头脑清醒,很有灵气,他的问题是他自认为能够买通所有的人。他说,每个人都有一个价位。你知道他让我转给你的支票开价多少吗?"

"我不想知道。"

"告诉你吧。两万美金。"

我发出一声轻微的哨声。我说:"这笔钱用作康复之用,那么,在埃米尔看来,我实际值多少钱呢?为什么呢?我有那么重要吗?"

优素福露出迷惑不解的神情,他是否也在想同样的问题。他说:"坦白地讲,我不清楚。当然,这笔钱对他来说只不过是九牛一毛。对我来说却是一笔大数目。他一天的开销都比这要多得多,你信不信?他全年包下了这个旅馆的套间,还包括他出去旅游不在旅馆的时间在内,外加警卫、勤杂工、秘书、仆人的住房开支……"

"他究竟在此地干吗?"

"他有许多公司,还在做阿拉伯马的买卖、做股市的买卖,等等。在美国、在他本国国内、在全球其他的地方,他都有公司……"

"像他这么一个人,你我对他有什么用?他手指一动,上百号人来了,何必要我这么一个记者?所以,为什么我俩……"

"听我跟你说吧……"

他很谦虚地对我说:"无论如何,你要仔细考虑考虑办报的问题,你能否向他提出一个方案来?能不能?"

"这方面没什么问题。我办了一辈子的报纸了,提出一个方案,有几天的时间就足够了。可是,为什么?真像他说的那样,他很重视阿拉伯事业，珍视阿拉伯民族主义？"

优素福讥讽地咯咯大笑起来。他十分肯定地说："教授，你没尝过这种滋味？"

我忍不住了，便打断他的话说道："既然你已经早已知道他的打算，为什么不马上说出来，优素福？"

他要说不说地答道："相信我！我真的对他知之甚少。我知道他为什么要我跟着他干，或者说，我知道他找我的原因是我在此地有合法的居留卡。我很快就能解决国籍问题，这样我就能够以我的名义为报纸搞到一份许可证。其次他信任我、了解我，因为我曾经是他的私人司机。最后，我大致知道他想办报的原因。"

"这很重要，为什么？你就直说了吧，优素福。"

"哈米德·埃米尔是国王的小兄弟，他自以为比他哥哥更有权利做王储。因为现任王储没有知识，不会读书写字，还有人说他是白人。"

优素福用手摸着他的前额说完最后一句话。这句话我以前没有听到过，但是，我明白这句话的含义。优素福接着说："尽管如此，国王害怕王储，王储有自己的支持者。不过，王储也害怕国王指定哈米德·埃米尔为继承人来取代他……"

我笑着打断了他的话："他还害怕哈米德·埃米尔篡夺王位。"

"教授，你真聪明。我觉得报纸会成为他反对王储和对国王施压的武器。因此，当阁下谈到办一份外文报纸、在欧洲发表有关我国的问题的文章时，我差点儿笑出声来。我认为他确实想办一份有影响的报纸，名家写文章议论他、宣扬他，但是他最重视的还是海湾那边自己的国家的报纸。所以，哪怕是通过走私弄进去，他也在所不惜。因为，他办报的目的达到了。"

我抢先一步，在河边的木椅子上坐了下来。于是他也走过来坐在我身边。他见我沉默不语，便忐忑不安地对我说："走累了吧？"

"没有。大夫说了,这么走走,对我有好处。不过,我在想你说的话。你啊,优素福,真聪明。你明知这事的来龙去脉,可为什么还对这个问题那么重视?纯粹为了工作和赚钱吗?"

他有点儿激动起来。"当然!你自己说,你是司机、流浪者、厨师,这跟办报有什么关系?至于我……"

我打断他的话说道:"我从来没说过这样的话。不过,你要写文章,这些经验会有用。你曾经对我解释过,你在大学上学的时候,学过新闻办报。"他伤感地说:"谢谢你对我这么客气,实际上我未曾想到我已经是三十岁的人了。我从小学业超群,父亲为我感到自豪。他预见我会有远大的前程。我从小就喜欢新闻,中学时我是校广播电台的播音员。我还为许多报刊投稿。大学一年级和二年级时,我是班上的优等生,班上的墙报从头到尾都是我写的。每星期六张贴出来的时候,吸引了很多学生,甚至其他系的学生也过来围观。我为墙报起了一个名字叫作'朋友'。我努力使报纸有诙谐的风格,让同学们觉得这份墙报与众不同。在1975年至1976年,大学里有各种各样的报刊。父亲用红笔为我写文章的标题,他为每期墙报的出版出谋划策。"

突然,他沉默了。他的思想走神了。过了一会儿,他才接着说下去。不过,似乎他在跟别的人说话:"爸爸一定很想我。"

我想把他从苦恼的回忆中拉出来,所以,我问道:"当时你在墙报上写些什么呢?"

他的声调渐渐地恢复了常态,他说:"国内发生的事我都写。我跟爸爸一样,崇拜阿卜杜勒·纳赛尔。当时爸爸是一家国营公司的主管。他从不搞歪门邪道,我们的日子过得清白。他退休以后我们也仍然如此。开始时,他的退休金足够家里的开销。后来,他的退休金已经月不敷出,父亲为此饱受煎熬。他去世后,各地出现的新贵中饱私囊。我看到这些事,更加怀念阿卜杜勒·纳赛尔。我在墙报上就写这些事,比较纳赛尔时代和开放时代像我父亲那样的普通人的情况和发生的变化。我毛遂自荐,在学生会的选举中胜出。我还参加当时的罢课斗争。后来政府派来一帮地痞流氓、一帮打手把我们的报纸扯下来撕成碎片。如果我们反抗,他们就当着大学保安人员的面,用铁棍打我们,大学的保安对此视而不见。"

我叹了一口气说:"我们彼此彼此。"

优素福伤心地说:"不对,我们是跟你们学的。我们当时还小。可是,当斧头砸到头上的时候,我们还在到处寻找你们。可是,你们却都溜走了,找不到了。"

他的话使我心里隐隐作痛。我以辩护的口吻说道:"我们当时能做什么呢? 在你提到的那些日子里,我正在写书。我写了一本关于阿卜杜勒·纳赛尔的书。"

然后,我站起身来停了片刻,接着说道:"总而言之,过去的事都过去了,我现在觉得有点儿凉了。我也早已发誓,不再讨论任何政治问题。"

优素福跟着我站起来说:"对不起! 我绝非有意使你烦恼。我只是想说明埃米尔想办报的事为什么引起我的注意……"

我们朝旅馆方向返回来,我的车停在那儿。他突然轻轻地说:"教授,我要甩掉这个女人。"

我什么也没说。优素福好像要纠正刚才说的话,他改变了说话的语调,他说:"希望你理解我。我不像那些外国人,不是一个不讲原则的人,他们跟此地的姑娘结婚,目的是获取居留卡。拿到居留卡后,就把她们甩了……你理解我吗? 我要……"

他又一次大声地说:"我要甩掉这个女人。"

"优素福,我考虑一下,我能做些什么……"

当时,他骂人的话打断了我的思路,我并没有考虑他说的话。

当晚，我还没有约伯蕾吉蒂。我决定约她来会面。但是，当我把钥匙插进房门锁时，我听到了录音机里传来的乌姆·库勒苏姆①的歌声。我知道她已经自己来了，我的心因为激动而跳动。当时，我有很多阿拉伯现代和古典的音乐磁带，可是她只喜欢乌姆·库勒苏姆的歌声。

我刚走进门，她就扑了上来。于是，我把她紧紧抱住，紧紧地贴在她的身上，好像要使自己得到她的庇护。

她觉得有点儿异样。于是，她往后退缩，双眼盯着我，扬起手威胁地对我说："今晚出什么事了？你是否背叛了……你该受罚？"

她穿着工作服，但她已经脱掉了外衣，只穿着薄薄的白色的紧身T恤衫和短裙，发辫已经解开，披在右肩，微笑着站在我面前。她用手指抠我抓住她的手。我拉着她走向里屋的长沙发。当我看见桌子上打开了的酒瓶和残存在瓶内的酒时，我就什么都明白了。

我把会见埃米尔的事详细地告诉了她。她假装不高兴，用拳头捶打我的肩膀："这么多钱为什么不要？你真幼稚！这种人挥金如土。他们会把钱随意往外扔。如果我站在窗子下面，有人扔下来两万美金，对我嚷着说：'拿着！这些钱都是你的！'你猜我会怎么说？我会说不要吗？我会马上接着它，让你陪着我去周游世界。"

"无论代价有多大？"

"你说了，那个人一无所求。他只要你快乐。他喜欢你，但是他并不像我这样喜欢你。"

我使劲抓住她的手说："但愿我相信这是真的。"

她使劲抽出她的手，气愤地说："殿下！我不骗你，我会把你上个星期送给我的游艇还给你的。"

伯蕾吉蒂突然从我身边滑落到地，面对着我，双膝跪在沙发下面。她的手抚摸着我的胸膛。她说："什么时候不再有这些疑虑？什么时候

---

① 乌姆·库勒苏姆，埃及最受阿拉伯人喜爱的著名现代女歌手。

你才会相信我爱你？我厌倦了愚昧的人心，厌倦贪得无厌的人心和自私自利的人心，你什么时候相信我这一生都在寻求你这一颗心……"

她说完这句话，就温柔地亲吻我的胸膛，于是我弯腰把她扶起，抱着她说："你知道我这颗心在遇见你以前正在走向死亡。"

她摇摇头说："倘若你离开我，我不会原谅你的，你是否相信我？"我现在认识了真正的伯蕾吉蒂，我发现她遇见老朋友了。

然后，她突然站立起来，双手一拍说："行了，不再说这个故事了，永远不说了。不再有疑虑，只有你和我待在一起，直到永远。现在，我们马上倾听乌姆·库勒苏姆优美的歌声。我们去读诗诵诗。"

伯蕾吉蒂转身走向大厅里的书架，取出一本厚厚的黄色封皮的诗集。她说："你知道我很喜欢读艾布·塔利卜·穆泰纳比的诗。"接着她打开诗集。她的头左右摇摆着，双眼浏览翻开的书页，嘴里用阿拉伯语说出跟我学会了的几个阿拉伯语单词，好像在朗读一首诗。

"你好！你怎么样？青春在哪里？你真漂亮！请喝茶……欢迎你……欢迎。"

念完后，她把诗集推给了我，她说："该你了！把那一首阳光下的大海的诗读给我听吧。在诗中，你会感觉到平静的海浪轻柔地散开。当女人坐在沙滩上垂钓，孩子们帮助母亲，四处奔跑，岩石上站着一个少年，举手挡着太阳光凝视着蓝色的大海。当地平线上出现一只帆船时，他高声地呼喊。年轻的母亲扔下渔网，光着脚在海水里奔跑。衣服湿了，他们扬手欢唱，容光焕发。快读吧！就是昨天你给我读过的那一首诗。"

我笑着对她说："这首诗里面没有你说的东西，根本就没有海。诗人未曾写大海……"

她把酒杯放在桌子上，双手捂住耳朵，她说："你把一切的一切都弄糟了，你使我听不到海浪声了！"她把诗集塞到我手中，说："读吧！"

于是，我翻开诗集，开始朗读其中的诗句：

落后、迟缓到几时，
如此多的顽固和固执。
人心不求上进，
在萧条的集市上叫卖诗篇，
流走的岁月再不会回来，
流失的光阴不再回返。
……

我合上诗集说:"我今夜不想读诗。"

我失望地把她的双手放到她身旁，让她坐到我的身边。这时，乌姆·库勒苏姆歌唱月夜的歌声完了，屋里一片宁静。伯蕾吉蒂一直把头枕在我的肩上。这时她抬起蓝色的不安的双眼对我说:"请你坦诚地说真话，今夜出什么事了？我觉得今天的你不是昨天的你。"

于是，我把我同优素福说的话告诉了她。我说，我们谈到国内的情况，优素福说今天使他很失望；他寻找我的时候，没有找到我。伯蕾吉蒂懵懵懂懂地注视着我，后来她说:"这有什么了不起？有什么了不起！难道我们不是一直同意整个世界都不可能再次挫败我们吗？难道我们不是已经一直认为在这个世界上只有你和我吗？"

她说着，就伸手举起我的手臂，放在她的肩上。于是我便张开另一只手，使劲地把她搂了过来。我心里说:"是啊，这个世界应该只有她和我。这个世界不应该再次挫败我们。"她把脸贴在我的胸前，轻轻地接过我的话说:"是的……我感到温暖……就这样庇护着我吧！我从来没有享受过这种平和、这种安宁……你是否感到伯蕾吉蒂有了怎样的变化？你是否感觉到现在的她是一个在爱的平和中重生的女人？"

她把我的手推到她胸口上，柔声细语地孩子气地对我说话。声音时断时续，喘息着："先生，你明白爱中的安宁吗？先生，让我享受这种安宁……永远享受这种安宁……"

我用双唇吻她整个的脸颊，吻她的全身。我从未告诉她，这个老头儿也是在爱中因为她而重生。

这一夜真是一个宁静的夜。

可是，我也知道别的许许多多的夜……

在充满阳光的温暖的最初那些日子里，我已经习惯了。我忘掉了过去，忘掉了一切。

从一开始，我就了解了你的另一面。你坐在长沙发上，双手抱膝，茫然地盯着房间里的空旷处，脸上露出了面具后的那一个伯蕾吉蒂。任何谈话、哀诉、亲近，都无法把你拉回来……当你把我推开，让你自己随意蹲坐在地上，固执地缩作一团，似乎你想把身体缩进皮肉之中……

我已经学会让你随心所欲。我学会了等待，学会了在这个时刻不同你说话，也不触摸你的躯体，直到你恢复常态，眼中呆痴的眼神消失，瞳仁的蓝色闪烁。这时，你会奇怪地问我，你为什么不到我身边来呀？

我还知道疯狂的夜……

她用德语嘟囔着。突然，她赤身裸体从床上跳起来，从书架上抽出一本德语版的诗集，翻来覆去找那天深夜她呼唤你的那首诗，高声朗读起来。她的声音越来越高，似乎你在荒凉的沙漠之中。我跟随你，把我的手放在你嘴里，任凭你吮吸，同时用脚跟敲打你……你却继续疯狂地吟诵着诗。邻居拍打墙壁的声音也阻止不了你。你忘了他们可能会报警，因为你在深夜吵闹。你叱责我、叱责警察、叱责邻居。最后，我建议你走出家门去到河边诵诗时，你才安静下来。这时，你才悲伤地穿上衣服，急急忙忙地催促我，赶快出去。可是，刚走出家门，你就颤抖地问我:"这么冷,我们为什么要出来呀?"

但是,正是在这一刻,我才明白这一刻原来是你的一部分。不久,我就喜欢上了这瞬间的时间,因为它就是你。

这天我并没有忘记哈米德·埃米尔交代的事。

我一直惊奇地问自己:难道我还是一个具有记者敏锐感觉的新闻记者吗?我已经常年失业,在这欧洲城市中仅仅为一份蹩脚的报纸送一些蹩脚的新闻……我不顾医生的警告,不顾伯蕾吉蒂的劝阻,再次握住我的笔。我擦去了锈迹,又一次面对这个世界……

这件事比我更有力。它推动我去当记者,让死去的我重生,推动我去寻找、去认识,我必须服从它。

一个星期后的早上,我又去河边的那家咖啡店,老板娘高兴地微笑着迎接我,把我引到咖啡店的角落里。她啰啰唆唆地说:"难道我没有跟你说吗?……难道我没有说我们会尽快地站在你的面前吗?你看!我们比以前做得更好了。你知道这是为什么?……也许我们最好别再喝这种咖啡……书上说它不好,饮料比它好。"

她唠唠叨叨说个不停,我含含糊糊表示同意。后来,我抓住一个机会打断了她的话,询问她有关优素福的情况。可是,她却拉过一把椅子,一屁股坐在我的对面。

她双手放在桌上,眼睛狠狠地盯着我,脸上的微笑消失了。她说:"我一直在等你,先生。如果你今天不来,我就要打电话给你了。"

她说这句话时声音变了。她不再唠叨,两眼神色严峻,显得有点儿伤心。

我不安地问:"怎么了?出什么事了吗?我希望优素福没出什么事。"

"是啊,是啊!他肯定没事,是我自己不太好。"

她想了一会儿,低着头,想说点儿什么。过了一会儿,她才抬起哀求的双眼对我说:"求你,把优素福让给我。"

"把他让给你？为什么？老板娘，我已经有一段时间没有见到他了。"

她打断我的话说："我知道，我知道你并不想把他弄走。可是，他打算跟你走。"

"不会的！老板娘，你相信我吧。"

老板娘的双眼皮微微地颤抖着，她的声音在喉头发出咯咯的响声。

"那就是说，他想回到埃米尔身边去，想做记者的工作。他要你帮助他，是不是这样？"

我没有回答。她看着我的脸说："先生，我什么都不知道。我知道优素福要干什么。倘若我有钱，我早已为他办一份报纸了，让他做自己喜欢的工作……"

听她说出这话，我想笑。她的手指颤抖着摸着桌子，两只眼睛已经有泪花在闪动。我想说点儿什么。可是，她举手制止了我。她使劲地忍住眼泪说："我不能跟你再待在这儿了，优素福很快就会从厨房里出来……因此，我求你听我一句话：我喜欢优素福。"

"这很自然。"我笑了。而她却说："别！别！"过了一会儿，她转过脸接着说："别……别这么说。我知道他可以做我的儿子。我知道他很快就大学毕业了，而我却是一个文盲。我知道，可是，我爱他。他对我也很满意，你别问我他为什么满意。他娶我是因为他在找工作，要找一个落脚的地方。也许吧，去年埃米尔走后，他经历了一段艰难的时间，因为他没有工作许可证。在他来我这儿打工以前，许多人在我这儿工作过。有些年纪比他小，比他更漂亮，但是，我没有想要他们当中的任何一个男人，虽然我丈夫已经去世多年。"

过了一会儿，她又接着说："优素福不一样。"她压低声音说完这句话。于是我对她说："老板娘，一个人不能决定他爱还是不爱。你不必向我解释。我相信你，也理解你，没有任何人比我更理解你。"

"那么，你明白我的担心吗？"

"是的，我明白你的担心。"

她转过脸继续轻声地说："请你原谅，我并不认为你真明白我的担心。我知道优素福将来会抛弃我，他将来肯定会抛弃我。我现在已经五十岁了，我努力使自己在他眼里成为一个女人、一个妻子。可是，你看这事能持续多长时间呢？他这么年轻，而我却一天天变老。我们能够维持多久？一年？两年？先生，我接受他，不管他会怎样。我知道，这就是我的幸福。我希望你让这种幸福继续维持下去。优素福总有一天会走。那么，让这一天慢点儿来吧！不要让它来得太快！我知道，如果他做记者，他一定会离开这个咖啡店，他一定会永远离开这个咖啡店。当他的翅膀硬了，他就会飞走，不再回来。可是，我想把他留在地上跟我在一起。我是不是太自私了？也许是吧。"

我感到一阵悲哀，看着她难受的脸说不出话来。她现在是在说她自己，还是在说我呢？我是否也应该把我的担心对她讲一讲呢？那一天会很快到来吗？

她求助地说："先生，我求你了！尽力帮帮我吧！"

她走开了，真不知道应该对她说点儿什么。但是，我在想……这时候优素福走了过来，热烈地跟我握手。他说："欢迎你，教授。我没想到你来得这么快。"

他坐在刚才老板娘坐的地方。这一次他忘了脱下白大褂，一坐下来就急切地问我，脸色有些不安："愿安拉保佑，万事平安。计划做好了吗？"

我没有马上回答他。我的脑子里想起了我这次来这儿的目的，想起了刚才老板娘跟我说的话。优素福注意到我的犹豫和不安，问道："教授，累了吧？"

"有点儿累。但是,这没什么。优素福,我想问你。我希望你坦率地告诉我关于哈米德·埃米尔的事情,你是否全部告诉我了?"

优素福把手放在胸前,两眼露出责备的眼神。他说:"我对你发誓,我没有对你隐瞒任何事情。凡是我知道的,我都告诉你了。可是你为什么问我这个问题?"

"这个问题我马上就告诉你。实际上,埃米尔坚持要你我跟他合作,使我颇感惊奇。坦率地说,我们俩在新闻界不是什么明星。我对你说过,他有钱,完全可以聘请他喜欢的大记者、有名的记者……"

"对不起,教授。你的名气……"

我做了个手势打断优素福的话:"没有人知道我的名字。我不生活在幻境中,也不生活在谎言中。也许二十年前有人知道我这个人,可是,现在新闻界的赌局中,我已经不是一张王牌了。"

优素福吞吞吐吐地说:"可是,重返新闻界,这可是一次机会,值得一试。而且……"

我笑着说:"你说得对,优素福。埃米尔也一定是这么想的。对于任何一个破落的人,这都是一次机会。他会毫不犹豫地接受它,让我们想一想。我还想问问你,你知道伊斯哈格吗?"

他讽刺地说:"当然,没有人不知道他。他是顶尖级的百万富翁。二十世纪五十年代离开埃及,来到此地,成为本国的公民。本市一半的楼房都是他的家产。"

他沉默了一会儿,笑着说道:"我曾经参加过反对他的示威游行呢。"

"反对他的示威游行?那是为什么?"

"当时,本地区的居民上街游行。因为他购买了本地区低租旧房,想在该地改建豪华的大楼,大楼的租金是原地居民收入的一倍。这些人没有了住处,难道让他们住到大街上去?"

"这件事我倒没听说过。后来,游行示威的结果如何?"

他耸了耸双肩说:"我们打着标语牌去找市长,呈交了一份请愿书。可是,这位大富翁还是继续买房盖房,游行示威的人喊破了嗓子也奈何不了他。因为他有钱,受法律的保护。游行示威有什么用呢?"

"你说得对。可是,你是否听说过,或者在报纸上看到,黎巴嫩战争之后,他为以色列军队捐献十万美金,你知道吗?"

"我没听说过。不过,这事并不奇怪。这位富翁是这儿的名人。他们写文章为他辩护,还组织讨论会,接待各地来访的代表团。"

停了一会儿,他惊奇地问道:"你为什么问这些问题,那个大富翁跟我们有什么关系?"

"你是否知道那个大富翁除了房地产还做其他什么买卖?"

"他什么买卖都做,旅馆、银行、交易所等等。"

我看着他的双眼说:"你是否知道他是欧洲最大的阿拉伯马贩子?我曾经跟你说过,哈米德·埃米尔做贩马的交易?当时你就提醒我了,优素福,你的埃米尔实际是这位大富翁的合作人。"

他吃了一惊,看着我嚷道:"哈米德·埃米尔?不可能!"

我十分肯定地说:"没错。"

他将信将疑地说:"也许你搞错了……埃米尔是个很具民族主义的人。你曾经亲自听他说过,记得吧?所有的阿拉伯政党里甚至解放组织里,都有他的朋友。"

"听我说,优素福。一个星期以来,我都在研究埃米尔的事情。我跟我在此地的熟人、包括我避免接触的阿拉伯使馆里的工作人员进行联络。我去过交易所,找过报纸的经济主编、贩马商人,甚至主编和赛马专版的编辑人员……假若有半点儿怀疑,我就不会跟你说了。"

他沉默片刻后接着说道:"但是,他为什么要这么做呢?他有的是钱呀!可以跟以色列富翁可拉一比高低。"

这个问题我回答不了。我也不知道他为什么要办这么一份报纸,也不知道他为什么要我们跟着他干。我只知道,我从一开始就完全相信他。

"他对阿卜杜勒·纳赛尔和美国人的看法,使我想起一件事。这件事肯定了我的猜想。他办报也许还是因为他想夺权,想同王储争斗一番……或许还有你我都不知道的更大的问题。总而言之,他是一个很聪明的人、很富有的人、很有追求的人、很自信的人。像他这样的人,不会不引人注目。"

我张口结舌说不下去了。停了片刻,我才说道:"总而言之,他希望我们成为替他办事的人,却不会让我们知道他的真实打算。"

优素福心不在焉地喃喃说道:"埃米尔是大富翁的合伙人,那么,我们同埃米尔一起做事,就等于我们同大富翁一起做事了,而大富翁是一个为以色列捐款的人……"

他苦笑着说:"教授,你为它锦上添花了。"

"怎么会呢?求安拉宽恕!"

他眼望别处,自言自语地说:"我现在怎么办?我留在此地,做一辈子炊事员?还是做一个卖咖啡的?我回国去,做个失业者?留在此地,我至少可以每月给父亲寄去一笔钱。在安拉的世界里,我逃往何处?到任何别的地方去,情况不会一样吗?我怎么办?"

我好像为自己进行辩护似的,对他说:"优素福,你听我说,我对你没有任何要求。你坚持让我制定办报的计划,我现在告诉你我办不到的原因吧。"

我回忆起一件事情,便接着说道:"总而言之,我对你只有一个要求。我不知道埃米尔是他自己一个人单独办报,还是另有一个办事的班子,去办这件事。我要求你不要把我们之间今天的谈话告诉他。"

我笑了一下说:"我不想在路上被汽车撞死,也不想晚上在回家的路上被人暗杀……"

他机械呆板地告诉我说:"安拉绝不宽恕!"

我接着说道:"当然,我是开个玩笑。我只是想说,我们之间的话,是我们的私房话。不过,你是自由的,只要你愿意,你完全可以继续同埃米尔一起做事。"

他大笑一声,长长地叹了一口气。"我上街游行示威,反对萨达特,结果被关进了监狱,后来离乡背井逃了出来。我认为萨达特会葬送国家的未来。我这个原则性不强的人会前途渺茫。"

说完这话,他脸色忧郁地想站起身来。我抓住他的手肘,把他按在座椅上。我说:"为什么这么快就失望了?世界没有完蛋,你可以不跟埃米尔办报。如果你愿意,你就写文章,在此地的报纸上发表文章,或者我把它发往阿拉伯国家的报纸。你不愿做厨师,就另找一份工作,使自己富起来、坚强起来。"

我觉得我也完全没有自信。尽管如此,我还是接着对他说:"优素福,我输了。我希望你能挺住。"

他不回答我的话,含含糊糊地对我表示感谢,转身朝厨房快步走去。老板娘远远地以求问的眼光看着我。于是,我转过脸去。

我对老板娘打了个招呼,从容地走出咖啡店。

距离中午在咖啡店会见伯蕾吉蒂还有充裕的时间,我决定回家一趟,休息一会儿。但是,我后来又改变了主意,开着车驶向河岸边,把车停在咖啡店旁边后,我便在靠近河边的宁静的大街上溜达。天上密布阴云,天气有些冷,好像要下雨,不过我不在乎。

我觉得我很快将会摆脱办报的事。我已经向优素福讲述了我了解的情况,可以撒手不管了。我可以实现自己的诺言,只求欢乐休闲,而不管别的事情,这样不是更好吗?

我真的做错了?随它去吧。没必要干预优素福的生活,也没必要干预咖啡店老板娘的生活,也没有必要为自己找麻烦。本来一开始我就应该对优素福表示，我的健康情况不允许我去工作，事情就完了。我去钻牛角尖干什么？即使我知道他是谁，与我又有何好处？你救不了黎巴嫩，也打不过以色列。我们早就认定你并不是个人物，何必去玩这种游戏？连优素福你都拯救不了。当你了解了真相，像一个可怜虫一样担惊受怕。这个结局，你未曾想到过。你仅仅想知道这个哈米德·埃米尔是何许人物，没有想到到头来碰到了那个大富翁。什么进步的、民族主义的报纸！埃米尔殿下有自己的算盘：首先让他吃一颗定心丸，接着给他一个希望重新去做一个记者，再其次用钱、用旅游、用美元、用没完没了的各种计划方案使他头晕眼花。最后把他控制在手中，任意摆布他，他只会更驯服，无论他花多大的代价，也只会比别人的开支少。但是，为什么呢？他想让他从我这里得到点儿什么？为什么找我？

我信步向前，不知道如何走进了那个秘密的小花园。公园里没有一个人，我在近处的椅子上疲惫地坐了下来。周围的树已经失去了当初的绿色和光泽。满树黄叶，地上也有一层落叶。不久，我就感到一阵清凉。于是，我起身在公园的小径中快步行走，转了一圈回到原地……忘掉这个埃米尔吧！你不是已经对自己和伯蕾吉蒂保证，一定避开这个是非的世界吗？你现在已经做到了。我把自己缩作一团，竭力把一切统统忘掉，甚至忘掉跟孩子在电话中的谈话。我想逃避任何让我想起往昔的尔虞我诈和往昔我自己的东西。我承认我是一个失败的父亲，不应该再去硬打硬拼、夺回事实上失去了的一切。为什么现在仍然执迷不悟？为什么又钻出这个埃米尔？难道我还去逐鹿疆场？疆场之中就有哈米德·埃米尔和大富翁……

但是，够了……我说过，事情已经了断，让我们回到原处，好像它从来没有发生。让埃米尔和大富翁倒大霉去吧！让他们俩被人们永远忘掉，这才是最重要的。

老板娘说过：你不要急急忙忙跟他一起完蛋！那么你就别匆匆忙

忙完蛋吧。你不要去想会有完蛋的一天。伯蕾吉蒂在那边,她是一个有血有肉的人。她不是一个幻想,不是一场骗局。

我逃离小公园,我在路上朝着咖啡店几乎跑过去。

当我看见河面上那座白色的房屋时,我停住脚步,喘息着。我觉得泪水就要夺眶而出了。

咖啡店仍然在那边。那儿会是什么样的一种享受啊?

它会把我们俩融合在一起。

我看见她在那边,从大路的那一端走过来,步履匆匆,脚踏着地面,好像不是走动,而是在看不见的空中飘浮着。我跟你在一起,我跟你一起离开这块充满邪恶的土地,这是何等的幸福和快乐,我要追上你。让你的爱带着我升入太空那一块净土。我们一起逃到一个安静的地方,去创造共同的欢乐。

第九章　这是爱的洞穴

她穿着一件雨衣，脸上露出了不安的神色。

在窗前，我帮她脱下雨衣，露出了白色T恤衫。外面配了一件蓝色坎肩，头发织成发辫绾在脑后，一缕金色头发洒落在她圆形的脸上。

我们相视而坐。我问她："你怎么不去上班？"

她手指天上的乌云回答："这样的天气能出游吗？上午办公室通知我今天没有旅游团。"

"那怎么办？"

"我等着出太阳。不过，这也于事无补，因为旅游的季节即将结束，要想想将来怎么办了。"

我知道，她靠从旅行公司赚的微薄的工资过日子不容易。她没有正式的工作许可证，跟老板没有签合同。可是由于她精通数种语言，不计较工资少，所以老板留下她继续工作。她是外国人，不能享受保险和退休金，所以老板放心地一直让她工作。对于别的女导游，他已提前六个月解雇她们，她们就不能享受合法的权益。我认识她以来，她一直靠这点儿工资生活，不允许有任何的奢侈。她不收受我给她的任何东西。我如果请她吃一顿午餐，她一定会在第二天回请我一顿晚餐。

头天晚上，她向我借了点儿钱，第二天早晨，我就会在我的信箱里发现一个装着钱的信封，她绝不会等到中午再还钱给我。所以，后来我便不再请她去饭馆吃饭或送给她任何小礼品，使她能够心安理得。现在，我确信她虽然丢了工作，也不会接受我的帮助。怎么办呢？

伯蕾吉蒂伸手抓住我的手，笑着说："你放心吧，你不可能轻易地把我甩掉。我会有办法的，会找到工作的。今天公司经理对我说有一个人要我教他法语，教初学者和外国人学法语，我能胜任。"

我不知道她说的话是真的还是为了安慰我编的假话。她的手抓住我的双手，轻轻地摆着，眼睛看着窗外。看得见河面上风起浪涌，开始下雨了。

她微笑着对我说："看见了吧，天跟河在做爱，于是生出了浪花。"

她使劲摇着我的手，提高嗓门问我："哎，你在想什么？"

"我在想你说的话和今天发生的事，还在想明天会发生的事。"

她噘着嘴巴抽回自己的双手说："那就是说，你没有变。我对你说过多次，过去的事或将来的事都无所谓。我们拥有现在，此时此地……"

我开玩笑地对她说："我的年龄是你年龄的两倍，你还给我上课？不对吗？"

毫无疑问，她是对的。可是，想到咖啡店老板娘，她哀求我时那悲哀的话语，这对我不就是一种警告吗？

她一言不发，注视着窗外。迷茫的脸上露出似笑非笑的神色。雨下大了，天上乌云翻滚。她转脸望着我说："我觉得我一家人都是疯子！"

"什么话！你怎么现在说出这种话？"

"因为这大雨。它让我想起了我童年时代的那一天。"她双眉紧锁，竭力回忆往事。"但是，这一天的早晨原是阳光普照。我跟爸爸坐在他的办公室里，一声不响地看着他做事。爸爸忽然转脸看着我说：'伯蕾吉蒂，你知道这些树是什么树吗？'我当时什么都不知道。爸爸说：

'你至今还不知道这些树的名字,这可不好。起来!我们今天去做点儿有益的事。我告诉你这都是些什么树……'家乡的小镇边缘,有一个很大的植物园,像一片森林。那天,当我们走进公园时,天上的乌云遮住了太阳。整个公园变得暗淡无光。不久,大雨倾盆。然而我爸爸仍拉着我的手,从一棵树走到另一棵树。他摘下一棵树上的树叶,又摘下另一棵树的树叶,把两片不同的树叶进行比较,详细地告诉我它们之间的区别。我全神贯注地听着他讲的每一句话,一字不漏。当时,我们没有带雨伞。所以,我们奔跑着从一棵树下跑到另一棵树下去躲雨。爸爸不停地告诉我树的名字,我都牢记在心。回到家时,妈妈大吃一惊。她看我们俩全身都湿透了,她哭了,冲着我爸爸的脸大声吼叫:'赶快换换衣服!'同时,她脱掉我身上的湿衣服,拧干我的头发,怒气冲冲地说:'女儿会没命的。她肯定会得肺炎,会没命的。'父亲没有去换衣服,他站在原地,雨水从身上往下滴。他惊恐万分,好像突然醒悟。我对他挤眉弄眼,安慰他。你知道吗,这情景使我终身不忘。我在各地都有许多树朋友,我常常让它们分享我的快乐,对它们吐露心中的忧伤。我觉得树很理解我……我们生一个孩子吧!"

开始时,我没有重视她这个问题。但是,当我看到她双眼眼角和下巴上的皱纹和眼中熠熠发亮的眼神,才听出她问话中的分量。我说:"你不是开玩笑吧?"

"不,我想有一个孩子……想了很久了。自从我那次流产之后……"

"孩子?在我这个年纪?伯蕾吉蒂!"

"这有什么?为生活奉献你的一份礼品,正是时候。这个孩子就是你,就是我。我们同他生活在一起……远远地生活在一个岛屿上,或者生活在一座山上。我们教会他爱树、爱花,教会他爱诗歌,还要教会他以树为友,聆听树的话语,理解树叶掉下来传递的使命。我们要教会他秋季不要忘掉树,要教他对树说,他将同树共存亡,也将同树再生。冬天到来时，树叶掉了，树赤裸裸地挺立在寒冬时，他会给它们温暖，给它们爱……让我们养个孩子吧！"

她两眼通红，浑身颤抖，喘息着热烈地摇着我的双手。

我沉默片刻后对她说："可是，等到某一天，孩子走下山岗，或者离开小岛时，事情又会怎样呢？别人会怜悯他吗？会像你对待树那样对待他吗？"

"我刚才还对你说过，我们将首先教会他爱。有了爱，他会像我们一样得救的，不是吗？他总会得救的。"

不过，她还是有些疑虑，断断续续地说："总会得救的，会的。"她声音很低，似乎在说服自己，也在说服我。当她紧闭颤抖的双唇，我明白她在竭力忍耐自己不哭出声来，不承认她在追求着一个遥远的梦。

我该怎样保护她呢？我多么希望能保护这个给予我全部爱的女人啊！她现在就坐在我面前，很失落。她在一个无能为力的世界里寻求一个不可求到的孩子！我轻轻地拍拍她的手，温柔的抓住她的手，我想告诉她，我理解她，我同她一样的想念。我要对她说，伯蕾吉蒂，我说过，我们因为有了爱，我们得救了。让我们生活在我们拥有的这段时间里。你为什么不这样做呢？我抓起她的手指，举到嘴边。这是我喜欢的白嫩、细长的手指。让这一天慢慢流走吧！我不乞求不能实现的梦。让这一天慢慢地流去吧！这是我全部的企望。

可是，一个邪恶的念头突然在我脑中闪现。我放下她的手，喊道："你，伯蕾吉蒂，你是否……"

"不！没有。"

"我什么还没有问呢！"

她摇摇头说："我知道你想问什么。没有，我没有怀孕。我不会背着你、瞒着你、做你担心害怕的事。"

我一言不发，眼睛看着窗外。窗玻璃上凝结着水气，挡住了我的视线。我看不见河流，看不见山。咖啡店里一片阴暗，好像处在黄昏的笼罩之中。只见伯蕾吉蒂低垂着头，散乱的头发掩盖了她的脸，像被一块乌云遮掩着。沉默、愁眉不展、炽烈的闪光顷刻熄灭。我们静坐在一起。我没有辩解，也驱赶不了她的回答带来的苦恼。我们唠唠叨叨，却始终忘不了刚刚出生在树的关爱中却迅速死亡的孩子。那个孩子使她心满意足，同时也使我心满意足。悔恨使她备受折磨，因为他而折磨，因为她爱过他。悔恨也在折磨我，因为我在他尚未出生时就活埋了他。

不久，我们就坐不住了。我建议她跟我走。她谢绝了，说她头晕，要休息一会儿。她说："送我回家吧。"下车之前，她淡淡地说："我会和你联系的，我们晚上再见。"

当时，我也确实很累。回到家，我从信箱里取出文件就上楼，回到屋里。然后，我把报纸扔到桌子上，嘴里含糊不清地说："顺其自然吧，伯蕾吉蒂。顺其自然吧！"疲劳已经使我无暇顾及其他了。

我推迟了跟孩子们通话的时间。我尚未做好准备，没有摆脱那个未出生的孩子在我心中留下的阴影。所以，我无暇顾及已经长大成人的孩子。我开始在房间里走来走去，想理出一个头绪来。我搬过椅子，把图书重新排列一遍。有时，按书的大小排列，有时按书的内容排列。我看见书架上阿卜杜勒·纳赛尔的画像。相框上的玻璃上次已经摔破了，玻璃的碎片把他的嘴划破了一点儿，使他的笑容变了样。他的脸色悲伤。于是，我决定换一个新镜框。我站在大厅里，左顾右盼，无所适从……门厅里什么东西都没有。于是，我无可奈何地回到屋里，坐到办公桌前，开始整理邮件。

我发现有几份开罗的报纸。我看了一眼标题，就把它放在了一边。我把星期四的那一份报纸留下来，打开报纸的第八版，这一版里应该有麦娜的文章。可是，她的文章不在这一版！这一版的内容全变了！这一版的题目是"教法和历史"。于是，我把这张报纸放在其他报纸上面，开始拨打电话。我的眼睛依然看着报纸上刊登的图片，那是一张女人的侧面像，头戴白色的面罩。我心里说：这张面孔我认识，不陌生。

然后，我突然扔掉话筒，抓过报纸……是她！是麦娜！这一版还是妇女的版面，中间有她的名字。另外有一个副标题，在主标题的下面——"教法和历史之间妇女的权利在哪里？"看到这个副标题，我就猜到文章的内容了。我迅速浏览整篇文章：教法保证妇女物质的和精神的权利，但是，随着岁月的流逝，男人们削弱了她们的权利。文章旁征博引，摘录了许多宗教资料。可是，我没有发现麦娜过去的那种文风。她对男人的攻击不再像过去那样锋芒毕露、对专横的法学家的无知进行无情的批驳……这一次，她在文章中说得最重的话只是男人们倘若真的弄懂了教法，那么男女平等早就成为现实了。因为妇女在教法中既有权利，也有同等的义务。如果男人的权利增加了，那么他们的义务也应该相应地增加……我把报纸放在面前，仔细地阅读起来。

直到上个星期，妇女版上的照片十几年来没有变化，一直是那张老照片。而这一张照片，她面带笑容，乌黑的头发两边分开，垂在她面部的两侧。在新的照片中，她面容庄重，两眼注视远方……突然，我想起她刚刚到报社工作时得到的一个绰号。当时她热情奔放，人们笑称她为"红云麦娜"。因为当时有一个名叫红云·杜丽娅的女人，组建了一个妇女政党。后来，阿卜杜勒·纳赛尔把这个政党取缔了。当时，麦娜为自己辩护，认为她有权选择她喜欢的工作，有权选择穿她喜欢穿的衣服，有权做她愿意做的工作。她跟我们谈话的神态出现在我的脑海里：你小心对我说什么男人、女人。

现在你的看法如何，我的朋友！

告诉我。如果你仍然像她那样，继续做三十年来一直做的工作，你会做什么？对我说同一句话吧：应该解放妇女！应该解放妇女！如果妇女不要解放，你最后又会做什么？如果你没有打败他们，那么你就跟他们走吧！

尽管如此，这儿还是有一个更简单的回答：麦娜走的是阳光大道，而你却跌倒在污泥坑里了。

我伸手拿起电话筒，又一次拨开罗的电话号码。可是，我立即把话筒放了下来。你觉得哈立德怎么样……也很简单吗？

来吧，让我们面对事实。是！是！有时候我觉得自愧不如。因为他年轻、稚嫩、无邪，我却已经年近半百，不轻易为他提供有利于他生活的东西。我记得很清楚，易卜拉欣说："我们创造了生活的环境。"可是，生活的环境却不让我们这一代人看见生活中的耻辱。那么，我们为什么接受这样的事实：我们有时候犯错误，有时候又正确，有时候又反叛，有时候又后悔？我们贪求安拉的厚爱。我们相信忏悔的时间将会到来。为什么哈立德要成为一个天使，不受任何玷污，哪怕是玩玩棋他也不干？我知道，如果他那样地生活，就不会有我们现在遇到的迷茫。他绝不会像他妈妈麦娜那样要纠正什么过去，也不会去纠正什么过去。他的生活中不会有尔虞我诈，他的灵魂中不会有迷茫。生活中的一切都会是清白和轻松的。不过,尽管这样,我心里却对他说：哈立德，这是办不到的。人类不会有天使的翅膀，永远不会有。倘若你现在跟我在一起，我们就完全可以像两个老朋友一样谈话。我会为你做出解释，也会倾听你的意见。但是，办得到吗？别自找没趣了！

我把报纸卷起来，把麦娜的头像也卷起来，然后又拨电话号码。拨了几次，终于传来了哈立德的声音：

"你好！"

"你好，哈立德。"

"哈纳蒂在吗？你为什么不像往常那样回答我？"

"她就坐在我身边，她马上会跟你说话。"然后，他笑了，"因为她生气了。"

"生我的气了？"

"不是，她生我的气了。"

"你干吗呢？她生你的气，哈立德，也是因为看电视的事？"

"不是，她喜欢看电视，愿看什么就看什么。"哈立德的声音小了一点儿，"等一下……你这丫头，别抢话筒！"

哈纳蒂的哭声传了过来："爸爸，你听！哈立德他不叫我。否则的话，我不会从家里逃跑。"

"主啊，怎么回事？！"她又跑了？够了！

"爸爸，哥哥每天烦我，给我找新的麻烦，现在他就不让我去俱乐部。甚至妈妈对他说，我这样的话他可以骂我。别听他的，他不高兴就不让我离开家。"

她的声音因为哭泣哽咽了。

"哈纳蒂？你冷静点儿！让我跟哈立德说，你可以去俱乐部，你想去就可以去。但是要小心，让爸爸放心，我求你了。"

她的声音在哭泣中断断续续，控制不住自己的情绪：

"爸爸，你跟哥哥说说，跟他说说……"

"好的，让哈立德跟我说。"

哈立德的声音很平和："你好，爸爸。"

"哈立德，刚才我们已经相互问好了，你跟你妹妹出什么事了？"

"爸爸，是这样的。俱乐部里不太好，有些年轻人坏得很，我……"

"这个世界哪儿都有坏人。可是，也有好人哪，让她自己学会保护自己。"

说着说着，他的声音就提高了："我是个男人，我就可以去俱乐部，她能去吗？您这样宠她，以前她听妈妈的话，从来没有哭过。现在哈纳蒂不小了，我有责任管她。"

"哈立德，你跟我吼什么！你要管她？我还没死呢，孩子！"

"您说远了，我不是这个意思……"

我的嗓门也大了，"我不想知道你怎么想的，我只跟你说，你不该骂她，懂吗？不该。我从未把我的意见强加给你，从来不对你说，你该干这个、不该干那个。我让你自由，要怎么想就怎么想，要怎么干就怎么干。难道不是这样吗？"

"是的，爸爸。"

"那么，你为什么现在要把你的意见、看法强加给别人呢？这事不奇怪吗？你让哈纳蒂也自由吧！让她出去，让她去俱乐部，让她做她想做的事，懂吗？"

他犹豫片刻，才轻声地说："我听您的，要是您不同意我的看法……"

然后他又沉默了片刻，"不过，我刚才想跟您说另外一件事。"

"好的，先让哈纳蒂跟我说吧！"

"好的，爸爸。"

"哈纳蒂，好了，没事了。我跟哈立德说好了，你可以出去，你可以去俱乐部。什么时候想去就去。当然，你要让妈妈同意，要对妈妈说好你什么时候出去、什么时候回来。"

哽咽的哭声使她的声音时断时续，她说："我就这么做。我发誓，谢谢爸爸。"

"还有一点，哈纳蒂！你不要生你哥哥的气。"

她又大哭起来："就他一个人会生气呀！是他烦人，就他会说好话，他对您说：您好……"

她模仿他说话的语气，还真像他，她笑了。不过，我跟她说："这可不好，哈纳蒂！我要生你的气了。他是你哥哥，你要尊重他。"

"是吗？您下命令了？我尊敬你，哈立德先生。你高兴了？你跟爸说吧！"

"等等，哈纳蒂。"

"是的，爸爸。你说吧！"

"哈纳蒂，我跟你说，"我沉默了一会儿才接着对她说，"哈纳蒂，我希望你还像过去一样。"

她惊奇地问我："怎么了，我跟过去不一样吗？"

"我不知道。很多事会使人产生变化，有的是外因，有的是内因。"

"爸爸，我不懂您刚才说的是什么事情。但是，愿安拉保佑，一切都会好的，只是您要多保重。"

她咯咯地笑了。这是她这次在电话中第一次爽朗的笑声。她说："哈立德要跟你说话。"

哈立德的声音从远处传过来，他跟他妹妹说："请你出去一下，我要跟爸爸说点儿私事。爸爸，我在听你说话呢。"

我极力使自己不再激动，用平静的语气问道："哈立德，你怎么样？"

"托靠安拉，我很好，一切都好。安拉保佑我们。我要跟您说说妈妈的事。"

"什么事？"

"您是知道的。"

"我知道什么？我什么都不知道。哈立德，你快说。"

"爸爸，我是说，安拉最恨离婚。"

我大声斥责他："这个问题我们在电话里说吗？"

"没关系，请你原谅我。我是……觉得我妈妈在这段时间变了很多。"

"是你说服了她，所以她变了？"

"但愿如此。我碰到好运气了,是安拉使妈妈改变了。有一次,她坐在电视机前看电视里的宗教节目,后来,她跟我要了几本关于这方面的书。安拉使她变了,就这么回事。所以,我现在准备有时间跟她谈一谈你们的事,让她有个准备。我是说……"

我又吼叫起来:"哈立德,你说什么?这事别在电话里说。"

"为什么?在电话里说又怎么了?您听我说,爸爸。我的意思是我想现在试探一下妈妈的口气,她是否能够……"

我竭力抑制自己不再吼叫:"别费劲了,哈立德。你对这事那么关心,你真好。但是,这事电话里不好说。我已经跟你说了,等我以后写信回答你。"

他固执地说:"您常常要我坦率,我们像朋友一样交谈。您干吗生气啊?!我只不过是说一点儿我的意见和看法……坦白地说,您错了……我已经对您说了,这事儿是安拉最憎恨的,您错了。"

我沉默了。过了一会儿,我接着说:"哈立德,不要说'您'呀'您'的,孩子。你太好了,你已经坦率地跟我谈了你的看法。我知道了。不过,这个话题以后就别再说了。我敢肯定,这也是你妈妈的意见。现在,再见吧!"

"再见,安拉保佑你。"

当我放下话筒的时候,我的心在颤抖。我站起身,在房间里踱来踱去。哈立德,你何时才有个完呀?是的,我们是两个贴心的知心朋友。过去,你表明你的意见以前,我们一直在讨论这个问题。现在,你却独自决定、自行其是,对哈纳蒂这样,对你妈妈这样,对我也这样!

你是否也会像优素福那样?过去,我想找寻你时,没有找到你。我现在不要责备我自己的不是。你自己选择了,你成熟了。我记得你在高中时,有一次我们一起下棋,我们进行过一次讨论。当时你刚看过一个话剧,你对我说:"女妖们迷惑了他,引诱他去篡夺王位,他有什么错？她们对他说，他必须登上王位。当他杀人时，他是不由自主的，他有什么罪？我对你说，女妖是他为了实现自己的野心制造的，所以，女妖就是他的思想的化身，岂有他哉？是的。可是，这个故事有什么意义？我为什么现在想起来了？是的，我想起来了。哈立德，当时的你很敏感、性情温和。要谴责一个杀人的人，对你太困难了，你那时的温顺在哪里？你那时的敏感在哪里？你为什么武断地责备我说"您错了"？我经历的事和她经历的事，你又知道多少？你竟然下这么一个断语——"您错了，爸爸！"我直到今天仍在想极力弄明白这个事情，不去责备她。而你却这么轻率地责备我？这么武断！

我知道你早已不看那些戏剧了。不再读那些证明你是对的而其他人是不对的书籍了。但是，哈立德，你要留心！我知道人世间的坏事都出自这阴暗的洞穴。一个思想刚开始就不错了！我是对的，我的看法最好。我一个人是对的，其他人都在迷茫中，因为我是安拉选中的，其他的人都不是，我最好，因为我是安拉饶恕的有罪的人之一，而其他的人都是异教徒。我是最好的，因为我是什叶派的人，而其他人是逊尼派人，或者因为我是逊尼派人，而其他人都是有色人种，或者因为我是一个进步人士，而其他人都是反动分子，等等。哈立德，你看一看现在的人世间吧！看一看没完没了的两伊战争，战争的双方都说自己有理。乐园的钥匙被胡乱地分发了，鲜血无止境地流淌。你看发生在黎巴嫩的屠杀，"上帝的选民"对"未被选择的人"斩尽杀绝。军队的司令说："优秀的阿拉伯人，就是死了的阿拉伯人。"这些屠杀都是因为杀手总是最好的、最高尚的。屠杀的车轮不停地转动，对其他人、异教徒、"上帝的仇人"、正确信仰的敌人、白色人种的敌人、进步人士的敌人统统斩尽杀绝，等等。尽管世界上没有高尚的战争，只有你为了保卫你的家或者保卫你的亲人或者保卫你的家乡的战争，才是高尚的战争，其他的战争都是屠杀。

哈立德，你将会对我说，可是我没做过什么。我只谈过离婚，只谈过俱乐部，只谈过象棋，你要留心这条生活之路，孩子！哈立德，你要留心这条路就从这边开始，这条路就在那边终止。它以错误的你开始，又以你该杀而终止。

我头昏脑涨地回到办公室。是的，我要把这些都写下来，我要给哈立德写这封信。在错过时机之前，我要提醒他。于是，我拿出了纸和笔。

但是，且慢！还有一件事，你要对他说出真相，你要忠诚，可是你不能提及伯蕾吉蒂。

你并未对他说过你有一个情人，你敢告诉他吗？你曾说过，你感到罪过，特别是你想起孩子的时候。可是，你也知道，没有伯蕾吉蒂你就不能活。你的罪过感实实在在，而你的爱也是实实在在的。罪过不能抹去爱，爱也不能抹去罪过。

所以，你能写这些吗？

是的，他应该了解这一切，应该思考，也应该宽恕。他应该想，也应该谴责。然而，最重要的是他应该想。

最重要的还是你该知道如何给他写这封信。

几天以后，伯蕾吉蒂突然来访。她这次来访，不是在预期的中午时间。

门铃叮叮咚咚的响声伴随着敲门声，使我震惊。我打开房门，伯蕾吉蒂一下子就冲了进来。她站在门厅中间，满脸通红，两眼直直地盯着我的脸，她愤怒地说："这是什么意思……你在我授课的事情上做了什么文章？"

"什么授课的事情，伯蕾吉蒂？我什么都不明白。"

我想抓住她的手，拉她坐下。但是，她使劲甩开我的手，说："你是否听说我在寻求救济？"

"你在说什么？我不明白。你说的是什么问题？"

"你说你不知道？可是，他提到你的名字！"

我有点儿生气地说："谁提到我的名字？请你安静点儿，把话说清楚。什么救济？究竟是怎么一回事？"

她故意一字一句地说："阿拉伯埃米尔，就是那个要上法语课的人提到你的名字。"

我沉默片刻，然后满腹狐疑地说："埃米尔？他的名字叫哈米德·埃米尔？"

"你以为我会永远记住这些名字？也许吧！这就是他的名字。"

我先坐在椅子上，竭力弄明白发生的事情，然后我问她："这怎么传到你这儿了？"

她一直站着，好像要控告我似的："这正是我想要从你这儿弄明白的事。我从前跟你说过公司的经理……"

"记得，记得。我想起来了，他建议你在旅行团减少时去上法语课。当时，他是否向你提到这个要上法语课的人姓甚名谁？"

"没有，他只是说是一个有钱的人，就这些。"

伯蕾吉蒂对她指控我在这个问题上搞鬼的事开始产生了怀疑。于是，她迟疑地移动脚步，坐到我的身边，迷惑不解地问道："既然他能说流利的法语，他干吗还要上法语课？"

"他也会说法语？"

"你不知道？"

我忍不住大声说："够了，我跟你说过，这事我一无所知。我生平只见过这个埃米尔一次。我当时就跟你说了……"

"是的，你说了。所以，我认为你也许因为我当时说过他挥霍钱财。我说，我不拒绝。伯蕾吉蒂，我还没有笨到这个程度。我觉得我了解你。可是，他说我什么了，请你说清楚。请你回忆一下，这点很重要。"

然而，伯蕾吉蒂却想起了另外一件事。她说："你先等等。如果你没有向他说起过我，那么他怎么会知道我们的关系？"

"他谈到我们的关系？"

"他没有直接说，但是，他暗示，他是一个复杂的人，我还没有完全了解他……"伯蕾吉蒂把头靠在椅背上，眯着双眼，十分疲惫地说："我再也受不了这些错综复杂的事，我受不了啦！"

我求她打起精神，告诉我这件事的来龙去脉。我差不多猜到发生的事了。

从她的谈话中，我知道埃米尔已经离开了那家旅馆。因为她根据公司经理给她的另一个地址去了那儿。那儿是一座很大的宫殿，位于河对岸的小山上。宫殿之豪华和宽大，她前所未见。宫殿里的保安人员一个接一个地把她送到埃米尔的办公室。她没有想到埃米尔这么年轻、这么儒雅。她原以为他会是一个穿着长袍、戴着头巾的中年汉子。她以为他要学一些单词和句子，买东西的时候或坐在饭馆、餐厅里的时候，可以用来跟人打交道。但是，这位埃米尔十分礼貌地接待了她，用英语同她说了几句话并告诉她，他在这个说法语的国家住了一段时间了。因此，他想用法语谈话和写作，还特别提醒她，他不是从零开始。他以前上过法语学习班，只不过不满足自己现有的水平。

这些情况与我无关。于是，我十分殷切地问道："关于我们，他究竟说了什么？这很重要。"

"我已经对你说过，他谈话时拐弯抹角，他曾经问我是否关心新闻事业，当我否认自己关心新闻报刊时，他便不介意地说：'我以为我们有一个共同的朋友，他做新闻工作。'我回答道，据我所知，这个唯一的朋友就是公司的经理，是他把我的名字、地址给了他。所以他说，他知道你。他认识此地的一些新闻界人士。这些人当中有我的朋友某某。我说：'这一点你忽略了，我喜欢马上开课。因为每次授课仅一小时。'这时候他显得有些不安。在以后的时间里，我们的谈话围绕法语的教学进行。我把他当作一个普通的小学生，用法语问他一些问题，解释语法规则。我发现他不需要再学什么，所以，我猜想这个问题可能是你出的点子。当我提到你的名字时，埃米尔就想知道我们的关系，所以我才对你不满。可是，我未曾向埃米尔打听别的事，上完课后，他对我表示感谢。也说他会跟我联系，以便确定下次上课的时间。我未做答复，便离开了他。他的女秘书陪同我走出办公室，递给我一个密封的白色信封。我当着她的面打开信封，发现里面有一张支票。你知道这张支票多少钱？"

"我猜不会是两万美金吧？"

她轻声地笑了。她对我说，它比两万美金更重要……这张支票是我在公司赚的整整一个月的工资。我把支票放进信封，还给女秘书。我对她说，请她代我感谢埃米尔，并且告诉他，我不值这些钱。如果他只需要上一节课，那么，我不配拿这份工资。他并不是一个初学者，而法语又不是我的母语。他以为我是谁？"

"不过，我的朋友优素福将会说你的的确确给他上了一课。"

"那又怎么样？"

"那没关系。但是，你要好好地回忆一下，关于我，他就问了这么一点点？"

"是的，我没给他机会说别的事，我让他明白，我不想同他谈任何别的事。只能谈课内的事，他懂了。所以，你认为他想要干什么？"

我想了想说："你不允许他再说点什么别的了。否则，我们就会了解他的意图了。根据现在的情况，只能说他想告诉我们，他知道我们的关系。"

她漫不经心地说："他知道或不知道我们的关系又有何妨？我不反对让全世界都知道我爱你，你呢？"

"伯蕾吉蒂，你完全知道我的答复，你就是我的整个世界。"

"那么，他告诉我们或者不告诉我们又有何妨？你是否知道我会怎么想？我以为他不过是向我们炫耀他的富有。我承认我的确一开始就想考验他。我后悔同意给他授课，原因也许就是他那座宽大的宫殿、他过分的富有和他企图把自己打扮成一个引人注目的外交家。"

"坦率地说，他没有这个打算。实际上，他就是一个很富有的人，他就是一个引人注目的外交家。"

"也许吧！正是因为这个原因，我不喜欢他。我从前对你说过，我不喜欢理智的人。但是，比起那些有钱的人，我还是更喜欢他们。你想想，这种地方，这么些保安、用人都为一个人服务。为什么？那么多穷苦的阿拉伯人，把他们的头像挂在难民营中，他为什么不居住在一个比较小的家中，不搞特殊？"

我叹了一口气说："伯蕾吉蒂，这话早就说完了，早该结束了。"

"从什么时候起就该结束了？"

"大概从西班牙战争开始，现在谈起这话，如果不是一个罪过，也是一种耻辱。你去问问你的父亲。"

伯蕾吉蒂第一次露出了笑容。她说这些事我们真的谈得太少了，我总是跟爸爸谈一些更重要的事。他正忙着研究鸟语。

她看着我说："请你原谅，我无缘无故地发脾气。"

我伤心地说："伯蕾吉蒂，你也原谅我吧，我给你带来了麻烦。"

她头靠椅背，有点儿吃惊地说："为什么这些麻烦事老来找我？我希望全世界能让我自行其是。我的要求不过分吧？"

她缩作一团，把头靠在我的肩上，两只蓝色的眼睛紧紧地盯着我的脸。我相信，她这时候并没有看我，也没有听我说话。就这样，她可以整整待一个小时。她腿压腿，双脚放在椅子上，歪着脖子看着我，一动也不动。过了许久，她突然问道："呃，你刚才说什么？"

那时，我心里确实有点儿事，某种疯狂贯穿我的全身。瞬间，我真怕把一切的一切都泄露出来，真怕对她泄露我最担心害怕的事。我轻轻地说："伯蕾吉蒂，我知道尽管你没说，我们之间已经产生了裂缝。是我打破了你要一个孩子的梦想，现在又出现了一个裂缝。这个裂缝是埃米尔一手造成的。是的，你只求这个世界让你自行其是，而我也只求你成为我整个的世界。伯蕾吉蒂，我知道我不过是你生命书中薄薄的一页，可是，你却是我生命书中的最后一页。如果我把这一页卷起来，那么一切的一切便都结束了。因此，请你让这一页自己慢慢地卷起来吧！是你说过，因为爱，我们双双都得救了。那么，你千万别让这个世界打败我们，使我们再次失落。伯蕾吉蒂，我给你读一首诗吧！"

她眼皮都没有颤动一下。但是，我却站起来，从书架上取出我最喜欢的聂鲁达的诗集，然后，我坐下来，把她搂在怀里。我为她诵读这首诗：

花朵啊，小小的花朵啊！

你那么脆弱，那么细小。

我觉得一只手掌就能轻易地把你全部占有。

可是，我的脚突然碰到了你的脚。

我的嘴碰到了你的双唇。

你突然长大了，长高了。

你的双肩像两座高山，

你的乳房荡过我的胸膛，

我的手几乎搂不住你纤细的腰。

像初生的月牙，

你的心带着爱冲出来。

像大海的波涛，汹涌澎湃，
撞上了你明亮双眼照耀着的天空。
于是，我俯身在你的嘴上，
热吻着这块土地。①

这就是你，伯蕾吉蒂呀，聂鲁达描写的就是你！我曾经对你轻声细语，也曾经对你高声吼叫。但是，你脸上斜挂着的面具纹丝不动……

---

① 这首诗是聂鲁达《二十首情诗和一支绝望的歌》诗集中的第一首诗。译文根据小说的阿拉伯文稿译出。

第十章　全世界的孩子们

埃米尔究竟想从伯蕾吉蒂和我这儿了解什么？这事情使我感到迷惑不解。最近一段时间里，我常常看见有一个印度人，当我和伯蕾吉蒂在咖啡店里会面时，他就坐在一边。这个人，我有时候还在屋前的路上遇见过。不过，我当时并未在意。我想这是一种偶然吧！谁会留心原来他是一个在监视我们的人！

此后的几天中，我一直想通过伯蕾吉蒂带给我的电话号码同埃米尔进行联系。可是，他的秘书总是回答我说，殿下不在。

我还想和优素福联系，看看他那边有没有埃米尔的信息。可是，他也不在。最后，我到咖啡店，但是，我不想再见到老板娘。我看见伯尔纳坐在咖啡店的角落里，面前放着一杯啤酒。他向我招手。这时，老板娘手里拿着顾客点菜的单子，示意她要跟我说话。所以，她迅速忙完手里的活儿，满脸难色地朝我走来。

她说："对不起，我们那次谈的事情，你告诉优素福了？他出什么事了？"

"老板娘，我不明白出什么事了，请你原谅我。你没给我机会跟他谈谈你所关心的事啊。我们只对办报交换了意见。我告诉他，我不能参与办报的事……"

她手扶着餐桌,以责怪的眼神盯着我。后来,她垂下头,十分怀疑地说:"就这些?"

"是的,"接着我犹豫地说,"我们还谈到埃米尔。"

"你让他回到埃米尔那儿去?"

"不,相反,我不能要求他回去或是不回去。他是完全自由的,他想做什么就做什么。"

"后来,你们俩又见过面,对吧?"

"没有。我今天来就是想见见他,我有重要的事找他。"

她讥讽地大笑着说:"的确是重要的!如果你想见他,就到埃米尔那儿找他去吧,先生。"

她想走。我抓住她的手,抢先说道:"老板娘,劳驾告诉我,究竟出了什么事了?我向你发誓,我自从在这儿见过他之后,至今也没有再见到过他。他也没有跟我联系。不过,我现在明白,一定是出事了。出了什么事?"

她朝伯尔纳坐的地方看了一眼,然后逼视着我说:"先生,我不知道。我不知道你们俩那一天在这店中谈了什么事情。可是,你那天离开之后,他就出了厨房,整天没有离开他的房间。第二天上午,他说他要去埃米尔那儿。后来我几乎再也没有见过他。因为,每天早上醒来后,他就去埃米尔那边,深夜才回来。"

她又一次大笑起来,以嘲讽的口气问道:"你能解释解释他为什么不再刮胡须吗?"

这时候,有一个顾客叫她过去。伯尔纳又一次招手让我过去。我于是便走了过去。我刚坐下,他就对我说:"她跟你谈优素福啦?"

"是的。可是,我什么都不明白,她好像很怨恨我。"

他轻蔑地说:"她什么都不懂。"

"那么，你一定知道点儿什么！"

他还是轻蔑地说："我也不明白。人世间没有一个人明白。"

我自言自语地说："这人又发坏了。"他两眼红红的，还在继续喝酒，示意老板娘再添一杯酒。他手托下巴，眼睛盯着一个头戴羽毛的胖女孩儿。忽然，他大笑起来，问道："哪个医生劝你不干本行？我也想去找一找他。"

"你？伯尔纳？没有医生的许可，你能不干你的本行？"

"对不起，不能。职业是一条铁链，还有保险，还有退休金，还有合同书。没有理由，在这个年纪，不能改行。"

"你说话当真？有一次，易卜拉欣也在这儿，你说过记者不应该离开自己的工作。"

"我说的都无关紧要。准确地说，像我们的报纸，那算什么？"

我安慰他道："尽管如此，你们的报纸做了一件好事。我觉得它是唯一的一份好报纸。它发起了一场运动，反对以色列对黎巴嫩的贫民使用国际上禁止使用的炸弹。"

他低头不语。伯尔纳所在的工作单位是小小的《前进报》。这份报纸，每天随同本地主要的日报一起送来。习惯上我只看报纸的标题。有时候，这些报纸的标题我也不看。所以常常连续多日这份报纸都堆在我的办公桌上。这几天，这份报纸引起了我的注意。它连续发表人权组织的抗议，抗议以色列轰炸民用建筑、医院和民房；抗议以色列使用磷光炸弹，这种炸弹引起的灼伤十分严重；抗议以色列使用骗人的玩具炸弹，使许多儿童受到伤害；抗议以色列使用吸氧炮弹，这种炮弹在顷刻之间就能使房舍和室内的生命化为灰烬。人权组织抗议国际法禁止使用的武器，而当地的那些主要的报纸却只字不提这些武器，也从不发表人权组织的抗议声明。

我对伯尔纳说："不过，你们发表的人权组织的声明没有指出以色列使用的这些武器是从哪里来的。你们一个字也没有提到美国,而正是美国向以色列提供这些武器,并且在黎巴嫩进行试验。"

伯尔纳看了我一眼,讽刺地对我说:"你要我们把美国也点出来?以色列的朋友寄给我们的抗议信,我们每天都刊登出来了。难道这还不够?你是想要美国自己的抗议信吧?等一等!你想封闭我们这份报纸吗?如果这真是一个好的解决办法,如果我把这份报纸关闭,我就再也不需要什么医生证明了。"

这时候,我突然想起一件事。于是,我问道:"伯尔纳,你是这些新闻栏目的主编吗?"

他没有回答。他把酒杯举到嘴边才发现酒已经喝光了。于是,他放下杯子,粗声粗气地说:"《前进报》《前进报》,向前,向前。难道你不认为我做得很漂亮吗?我们严厉地谴责南非的种族主义。我们极力捍卫世界妇女的权利。我们写了对第三世界国家充满同情的文章。我们的的确确是进步人士,但是,你来试一试,写一篇文章,说一说当今世界遍地泪痕的危难时刻我们所起的作用吧!你来试试,给黎巴嫩发生的事起一个名字,问一问,整日整夜的屠杀是不是一场战争?一个武装到牙齿的、拥有最先进的飞机、杀伤力最强的炸弹的一支军队,从海上、空中对它所包围的一座城市宣战。这座城市既没有一架飞机,也没有一支军队,更没有舰艇。你问一下,这是一场什么样的战争?几百人或者几千人靠步枪、机关枪、大炮和坦克能保卫这座城市吗?你问问!"

"难道你自己不能问一问吗?"

他斩钉截铁地说:"不能!我不能问。那么多的报纸,有谁能问这个问题呢?"

我没有对他说,在阿拉伯各国的报纸中,我找不到任何一个人能够问这个问题。我们这些报纸,只能大谈特谈"战争"的发展,大谈特谈"和平"谈判，大谈特谈贝鲁特坚持战斗的游击队员的英雄气概，发表自由体的散文诗或者格律诗，好像那边发生了两个国家或两支军队之间的一场真正的战争。

老板娘一言不发，端来一杯啤酒，放在伯尔纳面前。她不冷不热地问我："是否想喝点儿什么？"我说："要咖啡。"她什么也没有说，转身走了。伯尔纳眼望着她的背影说："这个女人太可怜了，她丈夫在一场精神危机中死去了。"

我难过地说道："你也差不多，我也跟她一样。"

伯尔纳说："我至少在四十年前就经历了这种危机。"

"四十年前你也参加了西班牙战争？"

他眼里显出一片迷茫。他说："我没去。当时我还是一个小孩，但是西班牙战争却来到我的身边。"

我不解地看着他。于是，他接着说："我父亲当时是一个工人。他是工人革命党的党员。当时，在我们那座城市里，他们建立了一个西班牙难民营。于是，我父亲同其他志愿人员一起到这个难民营工作。我有时候也跟着他去。我在难民营听到的故事，至今仍然铭刻在我的心中。保皇党和共和党人都一样进行疯狂的屠杀。也许这就是我不参加任何党派的原因。我长大后，决定从事新闻工作。我对自己说：你能够说出真相，也许是一件好事，也许人们能学到点儿东西，能悟出点儿道理。"然后，他沉默了。过了片刻他说："你出来吧，说出真相！"

他举起面前的酒杯，猛喝一口，接着气冲冲地说："你来吧，说出真相！谁也不会阻止你。我们是一个自由的国家，但是，你等着瞧吧，看看会发生什么事情。你一辈子都会从'前进'到'前进'！从一张小报到另一张更小的小报，人们会怜悯你。"

他扬起手在我的面前晃了一下，他说："但是，你应该适可而止，不要超越你的限度。"

我伤心地说:"那么,这就是我们整个人世间的现状?"

"我不知道整个人世间是怎么样的。我只知道我自己,我只知道我怀抱的希望如何开始又如何结束。我只知道我的孩子。我虽然从小就教育他关于这个世界的一切,我教育他要讲真话。现在,他在做军火买卖。他把军火卖给非洲人,让非洲人自相残杀。我不知道已经死了多少人,几百、几千、几万还是几百万。我只知道当我想阻止他的时候,他却嘲笑我,和我争吵。他说,我想让他变成一个失败者、跟我一样的失败者。所以,他说我是一个白痴。从此,我再没有收到他送给我的生日卡片。"

他又一次沉默不语。他的话使我充满忧虑。于是,我想马上离开。他见我马上要走,便说道:"等等,你的咖啡还没有喝完呢!"

这时候,老板娘紧绷着脸,给我端过来一杯咖啡。伯尔纳对她说:"老板娘,这位先生跟你丈夫的事没有关系。"

老板娘长时间地看着他。于是他又冒冒失失地说:"真的,跟他没有关系。"

老板娘一句话也没说,便离去了。我惊奇地问他道:"你干吗说这些?"

"因为我知道跟你没有关系。"

后来,他精神起来,笑着说道:"她应该感到幸福。过去她常常抱怨优素福从早到晚整天整天地喝酒,现在他的思想变化很大。"

我一言不发,希望他说下去。可是他对我说:"你别这样看着我。我并不了解优素福,也不了解他思想的变化。不过我知道埃米尔。"

他提到埃米尔,我就振作起来了。可是,他犹豫片刻后才说:"我有责任告诉你,因为是我把你介绍给优素福的,还要求你帮他找工作,同这位埃米尔一起办报。我对你说,他是一位进步的埃米尔。"

"这话当真?难道他不是进步的吗?"

"这就看你怎么理解这个词的含义了。不过,我希望你不要再重复我要对你说的话。如果消息来源可靠,那么他们正在那边准备办一件大事。为你们这个地区,为黎巴嫩发生的事进行准备,而且还仅仅是一个开始。那边重新安排文件,各方进行秘密的谈判,国家之间的谈判、组织之间的谈判。这位殿下是其中的主要人物。"

我沉默片刻之后说:"我对此毫不惊奇。"

"那么,你是否已经知道?"

"我不知道细节。我没有你那样的消息来源。我只是怀疑这位埃米尔和他跟各方面的关系。为此,我曾经警告过优素福。"

他注视着我说:"朋友,我错了。人们不喜欢有人揭露他们。如果有人发现了什么,最好保持沉默。"

当我听伯尔纳说起我未能同哈米德·埃米尔联系上的原因后,我不感到奇怪了。不过,我隐瞒了关于伯蕾吉蒂的事。我希望,她确信埃米尔只是企图炫耀他的富有。我知道她一旦怀疑这个问题后面另有其他的事,一旦知道埃米尔也许想通过她了解我知道的事或者想利用她来对付我,那就会触及她的旧伤疤,那是她潜逃至此地寻求解脱的原因。我知道我做的事有点儿不忠实,我是自私的,因为我怕失去她。

我缠着她会有危险,我感觉到了。我在旋涡里越陷越深,这个浪潮已经变成了一场汹涌的洪水。我们俩在其中翻腾着,没有着落,并且又一同被卷进了另一个波浪,我们不能分开了。

伯蕾吉蒂,你是否也感觉到危险了呢?你毫不犹豫地把你自己给了我。我们顽强地一起追求未来,没有退缩,疯狂地渴望着不要丢失每一分钟。我拥抱着你,体察着你的体肤,好像我的双手放开你,你就会从我的指缝中消失。好像如果我不把你紧紧地抱在怀里,你就会突然消失,化为乌有。我体察着你的全身,好像我的手指会把我们俩的面颊永远拢在一起,带着那种欲望,满脸绯红,脸上显出异样的纹路。你深深地陶醉在不能承受的痛苦之中,但是却交织着不能承受的快乐。我感觉到你的双唇在叹息中放松了。你的全身因此而颤抖,长长的白皙的脖子沁出一颗颗汗珠,爱的热血在欢叫。我感到你圆圆的滑溜溜的双肩抖动时,我想用手指紧紧地拽住它们,直到永远。你喘息着,高高地挺起胸膛。我的双手抚摩着你美丽的双臂,抚摩着你修长的双腿、柔软的纤细的双脚。这两只脚轻轻地把你托起,行走在地面上,像是一只白色鸽子的翅膀。我亲吻你的前额,我触到你发根的绒毛。它使我全身变得痒痒的。我亲吻你的双眼,用指尖抚摩你长长的睫毛,注视着你蓝色的眼睛,它们因为渴望而熠熠闪光。

我要你永远生活在我的手指间,永远生活在我的双手中,永远生活在我的双唇间。我担心爱的失落,因为我们是浪涛中的一滴水,我害怕分离。

你感觉到有件不平常的事将会发生。当我吻着你的脖根,手指插进你金色的浓发,并且让它盖住我的脸的时候,你轻声地笑了。你也用手触摸我粗糙的头发……

"你说这些日子你很贪婪,出什么事了?"

我没有回答。我陶醉了,因为爱而陶醉,因为你身体的醇香而陶醉。

于是,你边笑边说:"我也很贪婪,跟你一样,我不过担心你。"

我头也不抬起来,只说:"医生说我现在比任何时候都好。"

"你瞧,我早就对你说过,我们因为爱而双双得救了。不过,你还是应该多保重,少一点儿理智。"

听了你的话,我的身体有点儿紧张了。你感觉到了,于是,你开始用手为我搓背,还问我:

"怎么?让你生气了?"

"是的,你的爱减少了。你说的话,像是情人分手前的告别。"

于是,你不断地吻我,还问我:"我说这话多次了,我让你看出我即将离你而去吗？即使你想走，我也绝不会让你走的，你是我的天使，我本来已经丢了，是你把我找了回来。我要你永远成为我的天使，永远……"

我喃喃地重复说："倘若时间不存在……"

但是，我不记得我在什么时间听过这句话。

那几天繁忙的日子中，开罗主编来信了。

前些日子，我把医院的账单寄给了他。他在来信中写道：报社将为你报销医疗费用；希望你有一段舒适宽心的康复时间，然后你仍然成为我引以为豪的大手笔。他再次规劝我别太劳累，在完全康复之前别再写什么东西。他说，他遵照我的忠告，不向任何人透露我生病的消息，以免我家人和孩子担心。

主编的来信对我影响甚大。我们俩过去是老同事，不过我们友情不深，因为他的新闻观概括起来就是当政者下台以前永远是正确的，人们会效忠他。不过这个人对同事很友善，他会毫不犹豫地提供他职权范围内能够提供的一切帮助。所以，我很感谢他，给我一个不定期的长假、直到我痊愈。因此，我无需天天看报，也不必月月写报道或者寻求奇闻趣事给报社去交差。

当时，我很难跟踪黎巴嫩的事件。各种消息好像是五雷轰顶，各种炸弹在贝鲁特市中心爆炸。每次空袭中死亡人数都在二百五十人左右。游击队员同意撤出黎巴嫩。一支美军部队抵达黎巴嫩，监督巴勒斯坦人撤出。我还继续关注《前进报》不断地抨击以色列违背国际法使用禁止使用的武器。我继续阅读以色列支持者写给报社的愤怒的抗议信，其中有一份署名达菲迪扬的信。这是一个实业界人士。他写道，报纸正在危险的道路上走下坡路，报纸传播解放组织的各种谎言。他说，黎巴嫩战争，简而言之，目的是驱逐破坏分子，正是他们这些破坏分子在伯利恒毒杀以色列的妇女儿童。他提醒报纸不要忘记在纳粹集中营有几百万犹太妇女和儿童死亡,他们死在奥斯维辛等地的集中营里,因此,是否要向犹太人继续追索这笔血债呢?犹太人不需要任何人替他们上伦理道德和人道主义的课程。

读了这封信,我心里说,达菲迪扬先生,谁读到你这话,谁就会认为你也在偿还这笔血债。我猜想当时你住在开罗或亚历山大的豪华宫殿内,过着百万富翁的生活,想着宴会和交易,而不是想着纳粹的罪行。

尽管如此,别的事都无所谓。谈论纳粹,谈论阿拉伯马,谈论贫民房屋被毁,谈论为以色列捐款。总之,谈论什么都行,因为你总是胜利者。

一个孩子的死亡,就是整个世界的死亡。尽管如此,没有一个人会问有几个孩子在伯利恒被杀死了,五个还是十个?以色列现在在黎巴嫩、从前在巴勒斯坦,杀死了几千儿童?难道不是这样吗?不只你一个人!

上午的消息报道指出,每天在被围困的城市中死伤几百人。于是,此地的电视在下午就转播一场庄严的庆祝会。庆祝会上有各种宗教仪式,为死于"战争"中的四名以色列士兵流泪。阿拉伯人自然不会为他们的死者悲伤!为什么不会呢?世界上有真正的人,也有什么都无所谓的人。我曾经在《前进报》读到一份声明,声明的作者是提名竞选黎巴嫩总统的人选。他在声明中说:"在我们这个地区,只有巴勒斯坦人民没有任何要求。"

电视画面的这些新闻,我都是在伯蕾吉蒂不在场的时候知道的。我始终十分关注被派驻黎巴嫩的美国特使脸上的微笑和他发表的停火计划成功执行的声明。我竭力不去想正是美国向以色列提供各种杀人放火的飞机和炸弹,正是美国派出停火的特使。我竭力不去想,美国既是杀手又是悼念亡灵的送葬人。今天,又是美国出面调停,让抵抗运动撤离黎巴嫩……美国已经决定并且派出了自己的武装部队撤出巴勒斯坦的战士,而我们还同美国签字画押、握手言欢……既然一切的一切都已经终结,抵抗运动开始撤离黎巴嫩,我这些想法还有何裨益……

但是,此地有一位作家,终于忍无可忍。他拿起了笔,这位作家就是伯尔纳。

早上,我在报上看到一条醒目的标题"被保护的人们"。这个标题就是他写的。刚读到文章的头几句话,我几乎不相信自己的眼睛:"这几天,一种怪病袭击我们自由的国家,这种病叫'哑巴病',它对反人权的罪行一声不吭,因为这些罪行源于希伯来语国家。那边来的记者要写他们目睹的令人发指的罪行,但是,他们写的文章没人发表。

"你说呼喊可耻的声音高昂了?可是,在读者来信栏目中很快会有回答。这种勇敢的声浪自然是反以色列的。

"他们会当着你的面宣传希特勒纳粹的电刑的问题。你说灭绝人性的罪行发生的时候你尚未出生?这无所谓。你应对此负责,因为以色列也是神圣之物。以色列是一个被保护者,谁也不能碰。那个国家的所作所为都是好的。

"可是你说罪恶没有善恶之分,特别是死者是妇女、儿童、老人和医院病人……

"那么,你一定是一个极左派,你一定是解放组织的代理人……"

文章以愤怒的语气写下去。最后,伯尔纳在文章的末尾签上了自己的名字。他说:"我明白,写了这些话后,我自然就是希伯来国家的反对派,无需任何人写文章提醒我。"

这种话,我从未在此地的任何一份报纸中读到过。我说我一定要面见伯尔纳,了解事件的来龙去脉。我想同他约定一个时间,但是,我又想起了会见挪威女护士玛尔阳的经历。于是,我决定推迟约他会面，我做出了另一个决定。我绝不在电视屏幕上观看巴勒斯坦战士撤离贝鲁特的画面，也不阅读有关的文章。当以色列进入贝鲁特西区时，没有找到驻扎在那里的长枪党人用步枪回击大炮和坦克。我决定不打开电视机。我说，我这样可以得到一种解脱，不自己折磨自己。

然而，我还是没有逃脱。当天晚上，来了一个长途电话，把我从睡梦中惊醒。电话的声音不太清晰，带着黎巴嫩口音："阁下是……"

"是的。"

"我是黎巴嫩红十字会的人。"

"你好。"我极力回忆我是否认识这个人。但是，他用颤抖的声音说："教授，你的朋友易卜拉欣跟我在一起。他要跟你说话，请你安慰安慰他……安拉使你宽心！"我急切地说："易卜拉欣……"电话里传来模糊的嗓音，时断时续："你听我说，有高山……高山！""易卜拉欣……请你大声点儿！我听不清你的话，你怎么样？"

"我的情况糟透了。我对你说，这儿的尸体堆成了山，苍蝇遍地都是，不计其数，蒙住了我的双眼，空气里弥漫着尸体的腐臭……你赶快写，你赶快把我的话写下来！"

我机械地在办公桌上找笔和纸。我拿着电话筒喊道：

"易卜拉欣，我不明白你要我写什么?什么'苍蝇'？"

易卜拉欣愤怒地大声答道："把我说的话写下来！这边发生了屠杀，苍蝇盖满了成堆的尸体。不要删去'苍蝇'，这很重要。我想都不能想，你等等……苍蝇现在就在我耳边嗡嗡叫……真对不起！可是这地方已经不能写文章了。抵抗运动撤离后，他们封了我们的报纸。我要把我见到的一切都告诉你，你必须把它记录下来，等一等，等一等……"

过了一会儿，电话里传来黎巴嫩红十字会那个人的声音："教授，我希望你安慰安慰易卜拉欣。他的情况很不好，我们的情况很不好。我们亲眼看见在萨布拉、夏蒂拉难民营发生的屠杀。教授，易卜拉欣有糖尿病……这种情况继续下去，他可能有危险……"

易卜拉欣抢过话筒，电话里传来他严厉的喊声。我觉得他在竭力控制着自己，他说："你听着，没有时间了！我找不到电话跟你联系，这是最后的机会！关于大屠杀，你们发表了什么文章？"

"什么文章都没发表，出什么事了？"

他高声喊道："怎么回事？欧洲也没有发表什么文章。这边的屠杀已经进行了三天。以色列进入贝鲁特后，屠杀就开始了。怎么会一篇文章都没有发表呢？……我马上就回来！那边……"

但是，易卜拉欣没有说完话，那边已响起了警报声，电话联系中断。

我抓住电话筒，使劲地呼喊："易卜拉欣！易卜拉欣！出什么事了？"我跑过去打开电视机，电视里播放着电视连续剧。我离开电视机，打开收音机，寻找不同的广播电台的频道。可是，都没有新闻节目，只有乐曲和歌曲，各个广播电台都一样。正在我左右寻找不同的广播频道时，电视屏幕上的连续剧突然中断，出现了一个女播音员，她绷着脸说："我们刚才收到了贝鲁特来的一封信，我们奉劝神经过敏的人和患严重疾病的人，不要观看这个节目。"

沉默。电视屏幕上一片漆黑。突然没有任何先导词的介绍，就出现了一张我熟悉的面孔：他瘦瘦的，满脸忧伤，眼神悲痛，闪动着泪水。他身穿衬衫和长裤，身后是倒塌的残垣断壁。太阳当空，他额头上的汗水在流淌，摄像机的镜头对准了他的脸。他开始说话了，他竭力平静自己的声音："女士们，先生们，观众朋友们，二十天来，我都不愿把这封信传送给你们……"

他的声音颤抖起来，摄像机的镜头破天荒地第一次进入了萨布拉难民营。"几天前，难民营发生了对巴勒斯坦人的大屠杀……"摄像机的镜头无声地移动着。在狭窄的小巷里，在被摧毁的房舍间，弯曲的钢筋、残破的家具随处可见。但是，没有活动的生命。接着，镜头从远处推近，地面上出现了成堆的尸体，尸体上又压着尸体。

尸体中男女混杂，姿态各异……

又一堆尸体仰面朝天，腿脚分开，有妇女、儿童……

又是一堆尸体，都是男人。尸体已经发胀，身上的衣服随时都会绷裂似的……

又一堆尸体，有的男人怀里抱着婴儿，遍地都是鲜血……

又一具尸体，上身挂在废墟上，头触地面，脖子从后颈被割断……

两个孩子，上身赤裸，有人试图用一张报纸盖住他俩的下身，却盖不住，小腿翘着……

镜头颤抖着靠近这两具孩童的尸体，只见一个孩子的双眼只剩两个空洞，里面充满鲜血……

又是一堆尸体，四肢伸展，靠在倒塌的墙边，好像他们当时正在一个一个地往上爬……墙上有弹洞和鲜血流淌划出的长长的血线，其中一个女尸，手指使劲抓住墙沿不致滑倒下来……

又是一堆尸体，倒在一匹腹部撕裂开来、四脚朝天的白马身边。他们当时正在礼拜。白马的臀部已经发胀，尾巴缩作一团。旁边有一位头发斑白的老人，瘦瘦的双腿露在白袍外面，身旁有一根手杖，他的手使劲伸向手杖，头部有一个流血的弹孔……

死马身上有一只大苍蝇，其他的尸体上，蠕动着成堆的苍蝇……

电话铃响了，我置若罔闻，呆坐在电视机前，继续盯着屏幕上的画面。

报道结束了，播音员颤抖的声音传了过来："我们不能把难民营中见到的惨状都传播给你们，许多画面惨不忍睹……"她说了许多话，我听不进去了……

我伸手抓起话筒，话筒里是易卜拉欣的声音。他说："我说你记，快！我担心电话马上就会中断……快记录。以色列有长枪党……屠杀了数以千计的巴勒斯坦人……"

我嚷道:"几千? 这些画面有几千?"

易卜拉欣听不清我的话。他说:"你在写吗? 你拿着笔吗? 我把事实告诉你,你先记录下来,然后你爱怎么写就怎么写。当我抵达萨布拉时,成堆的尸体已经堵住难民营中狭窄的巷道,变成了路障,必须越过它,才能在难民营中走动。同样,尸体的腐臭、成群的苍蝇使你寸步难行。在一条街道上,道路泥泞,步履艰难。那边地上有一个很大的石灰坑,坑里露出被打破的人头、折断的手臂、发黑的腿脚……"

"可是,他们如何屠杀了这些人呢?"

"用各种武器——机枪、步枪、刺刀、斧头、刀剑、匕首、铁锹。倒塌的房子下面埋着死人和没有咽气的活人。以色列的坦克把难民营的房屋推倒、轧平,为屠夫开道。大街上的轧路机从尸体上碾过去……"

易卜拉欣沉默片刻后,他喘息的声音越来越弱……黎巴嫩红十字会的人失望地说:"教授,难道你不能安慰他吗? 他至今仍到处转,他能活下来真是一个奇迹。如果他长得不像欧洲人,不带着伪造的身份证,以色列人或者长枪党人早已经把他杀了。安拉怜悯我们,教授,请你相信他。我们在此地目睹的一切,简直像一场噩梦。愿安拉保佑死去的人……"

易卜拉欣又抓过话筒,他克制着自己的情绪,问道:"我说的话你都记录下来了吗?"

"记下来了,差不多都记下来了……"

"那么,再记下面的话:难民营的门口,有一座房屋。它是汽油站老板的家。他是一个老头儿,他们杀死了他和他的全家,儿子、女儿、孙子、女婿……我亲自数了一下,一共有四十具尸体。男的被碎尸,女的被奸污……"易卜拉欣声音高扬,他再也不能平静,说,"老头儿的女儿已经有九个月的身孕了,他们硬是把她开膛破肚,拉出了腹中的胎儿,撕成几块,摆在他母亲的胸膛上。她的两个乳房,被他们削掉了,摆在婴儿的头上。遍地是血,蛆和苍蝇在头上蠕动……"

我忍不住呕吐起来,肚子里的东西全都吐出来了。

易卜拉欣听见我的咳嗽声和呜咽的哭声后,他也第一次哭出声来。

话筒里传来黎巴嫩红十字会的人反反复复的责骂声。他说:"教授,我请你再安慰安慰易卜拉欣。"可是,我能做什么?

远处传来易卜拉欣的祈祷声……

我哽咽地说:"请把电话号码给我,电话号码……电话号码!请给我……"

但是,电话里传来的回答却是长长的空袭警报声。

电视屏幕上,仍然继续播出电视连续剧,但是,没有声音。我耳中仍然是易卜拉欣的喊声。我想打扫一下房间,用抹布擦一擦办公桌。突然,门铃响了,我打开门,门口站着伯蕾吉蒂。她踉跄地走进屋里,伸开双手像一个瞎子,双眼无神,用嘶哑的声音轻轻地说:"你都看见了?你都看见了?"她手指电视机说,"当时我正在附近的咖啡店里,我已经看见那些画面了。你看见了吗?"

她全身哆嗦着倒在我身上。

我也一样,全身发抖。

第十一章　屹立的山

我把易卜拉欣说的话都记录下来，我发誓我要把它写出来。哪怕这是我一生中做的最后一件事。我要把它写在标语牌上，自己扛着标语牌走上大街。

上午，我做的第一件事就是去本市红十字会办事处。

许许多多的人跟我的想法如出一辙。办事处挤满了阿拉伯人，他们围在问讯处的一个办事员周围。房间里只有哽咽的哭泣声，断断续续地从屋子的角落传过来。拥挤的人群挡住了我的视线，人们举着妇女和儿童的相片，对那个办事员七嘴八舌地解释着，而他忙着在一张纸上登记。他吼道："先说名字，先说名字……"

办事处那边站着另一个办事员。他周围也有好些人，手里拿着照片和封好的信封，对他说着什么。办事员一直用手指着他身后用多种文字写着的一块标语牌："贝鲁特的邮电联系均已中断，留下你的问询和电话号码，有情况时，我们马上与你联系。"

我使劲挤过人群，走到办事员跟前，给他看我的记者证。他举起来看了一眼，便把证件还给我，指一指挂在墙上的那块牌子，就想离开。我怀疑他在嘈杂的气氛中是否看清楚了，便抓住他的胳膊说："我是记者，请你听我说，昨天你们在贝鲁特的办事处给我打了一个电话……"

这时，其他的人也拽着他的胳膊问这问那，他的回答是一个词："马上……马上。"

我失望地说："我要知道怎样同贝鲁特的办事处联系……那边有我的同事。"

他慢慢地答复我，表示他在听我说话。他说："我理解。但是，我可以向你肯定，先生，与贝鲁特的一切联系都已经中断五天了。我们办事处正在同联合国以及其他有关各方进行联络。你是记者，不会不信我的话。我不知道我们在那边的办事员如何与你联系的。请你留下他的名字和你的电话号码……"

然后，他转脸跟别的人说话，旁边一位胖女士，头戴印花的纱巾，手扶一根手杖，沉默地站在我的身边。她问我道："孩子，他跟你说什么了？"

我向她做了解释。然后，她从内衣里拿出一个小皮包。她打开小皮包，递给我一张扯破了的照片。照片上是一个二十几岁的年轻人。清秀的面孔，嘴上的胡须修剪得很整齐。

她说："这是我的儿子，在难民营。求安拉保佑他。他是我唯一的儿子，他的兄弟都已经在战争中死去了……如果他们有他的消息……"

她听我重述办事员对我说的话。我不禁问她道："您为什么到这儿来？"

她指了指她的腿。她的腿没了，她说："他们送我过来接受治疗。我真失望……真失望！他们让我活着，却让我的儿子死去。"

她没有哭，只是用双眼注视着我，用颤抖的手在我面前举起那张照片，一遍一遍地说："真让我失望。"然后，她就不说话了，可是，她的嘴却一直张着。

就在这时，人群后面有个女人发出嘶哑的声音，粗声粗气地惊慌地喊叫起来："我的孩子……年轻人……"

办事处里突然鸦雀无声，人们的脸都转向声音那边，听到这嘶哑的呼喊，我全身都起了鸡皮疙瘩。我身旁那位胖女士低头看着手中的照片，泪水夺眶而出。接着，她也痛苦的喊叫起来："我的儿子……年轻人啊……"

我背靠在墙上，一阵眩晕，眼睛注视着她的脸，注视着办事处其他人的脸。不过，我迅速提起精神，伸手扶起这个女士走到办公桌前，把她的名字和她接受治疗医院的名字留给那个办事员，同时，也留下了我的名字、易卜拉欣的名字。然后，我就离开了办事处。

这天之后，我连续数日阅读报纸上的每一个字。以色列开始只说，他不知道难民营发生的事。可是，希伯来文的报纸，对以色列政府的搪塞冷嘲热讽，政府总理贝京把责任推给长枪党人。他说，长枪党人在他们的领袖被刺杀后，背着以色列人潜入难民营进行报复。但是，这种指控无济于事。以色列国防部长沙龙被迫在议会承认是他让长枪党人进入难民营，清除破坏分子。他说，他这么做，是因为不想让以色列军队进入难民营，避免人员伤亡……他当然是指以色列士兵的伤亡。不过，他说，他根本没有下令进行屠杀。他绝对没说过有屠杀。这话自然骗不了任何人，事实终究是事实，慢慢被揭露出来。难民营发生的事，连保守派都被震惊了。报纸纷纷公开指责以色列。只有歧视阿拉伯人的《祖国报》继续高唱怪调，对以色列的罪行和难民营死亡人数轻描淡写，说什么这是黎巴嫩的穆斯林和基督教徒之间的战争的延续，不必大惊小怪，这也不是那里发生的唯一的一次屠杀。它为以色列辩护，胜过贝京本人的辩护。其他报刊的社论都把难民营发生的屠杀与纳粹的罪行相比较。伯尔纳就在他写的社论中说，蒙古人和希特勒几十年中犯下的罪行，以色列和他的盟友在短短的四十个小时中就做完了。烧、杀、奸、淫，样样均无所不用其极。

当时，我每天都去机场。新闻记者在机场有一个活动中心。我们在那里等待来自大马士革、塞浦路斯和雅典的每一架飞机。我们在那儿等待来自贝鲁特的每一位同行，或者在大屠杀发生后去过难民营的任何一个外交官或普通人。我们要寻找三天内在屠杀现场的证人，听他们述说当时的情况。报界往常的竞争没有了，他们互通有无，把自己听到的消息转述给其他人。记者人人面色忧虑，没有昔日的羞涩感，好像他们参与了屠杀，对屠杀有责任，并且为了自己的清白，最终说出他们知道的事实。我们听到的所有证词，超过任何想象。记者们，包括他们的主编在内，不经事前协商，就一致决定直言禀告读者，对新闻直言不讳，不去顾及读者的情绪。

我奋笔疾书，直言陈述我知道的一切情况。我每天给开罗报社寄出一份报道，报道我在当地听到的新闻和各界的反应。而且，我开始为欧洲的阿拉伯文报纸撰稿，并不关注他们是否全部或部分刊登我的报道文章，重要的是我尽力写出了我了解的一切情况。我想，这样一来，这些消息总会传播出去。

在临时新闻活动中心，我遇见了该国巴勒斯坦友好协会主席，一个身材修长、脖子上戴着一个巴勒斯坦方格花纹围巾的年轻人。他对我说，几天之后，全城左派政党将组织一次游行示威。他问我能否提供资助。他说，这类游行示威往常只有几十人。他希望这次的规模能大一些。他指给我看报纸上的一张烧焦了的儿童尸体的照片，照片的背景是难民营倒塌的房屋废墟。他激动地说：一次大的游行，相当于这一次大屠杀的规模！然后，他接着说道，即使全市倾城出来参加游行，也不算大。

我答应他，我将尽力而为。但是，作为一个驻该国的记者，我无权组织任何游行，也无权从事任何政治活动。我知道有一个擅长此事的人。

但是,优素福早就挑战似的对我说过:"我一定先问问埃米尔。"

我在当天黎明时,曾经跟他联系过,以便证实他确实待在家里。咖啡店开门营业前,我就过去了。我独自坐在空荡荡的咖啡店里。他的样子已经起了很大的变化。上一次见到他时,他留着棕色的胡子,胡子拉碴。这次他却不冷不热地接待我,但是他依然很有礼貌,注意听我说话。我对他说:我理解。当时,他与本地的人、本地的一些社团有联系。谈到组织游行示威,反对大富商达菲迪扬,我想他也许能够帮助组织人数更多的游行示威,可是他突然谈起埃米尔。

我问优素福:"跟埃米尔有什么关系?"

他看着我的脸,眼皮轻微地眨动着,眼球神经质地转动着。他以挑战的口吻对我说:"教授,埃米尔使我懂得了过去我知之甚少的许多事情。"这次我不愿同他争论,因为我需要他的帮助。

我平静地说:"随你的便,爱问谁就问谁,问埃米尔也行。我觉得不会有任何人反对你参加这次游行示威,也不会有人反对你帮助组织这次示威游行。屠杀的罪行令人发指,即使在以色列,也有许多人示威。如果你看了电视……"

他庄重地点点头,用手指着我说:"教授,你也看见了,在以色列有人进行示威,抗议这次屠杀。这意味着什么呢?"

我竭力忍耐着说:"这意味着什么?你说呢,优素福?"

"教授,这意味着政治是深不可测的大海。以色列制造了屠杀,以色列又游行示威,反对屠杀。这意味着什么呢?当然,你懂政治,先生。可是,我的情况不一样。过去我迷迷糊糊过日子,现在真的托靠安拉,我清醒了。"

"你清醒什么了?你是如何清醒的?"

他神经质地站在我面前,摆着手说:"我过去无知,误入歧途。我要感谢埃米尔殿下,是他让我明白了过去不明白的许多事。教授,这个世界就是一座充满野兽的森林，除非我们自立自强，否则谁也不能拯救我们。我们必须自己动脑筋，依靠我们的宗教，依靠我们的传统，否则，我们就不能自立自强。"

"优素福，如果说这话的人是埃米尔，那么这位殿下如何竟同达菲迪扬同流合污？"后来，我想起了另一件事。于是，我说："上次我们与他见面时，他给你喝了什么酒？"

优素福好心地笑了，他摇摇头说："我刚才对阁下说过，政治就是深不可测的大海……有时候你应该跟你的敌人站在一起，把自己托付给他，目的是了解他的秘密。埃米尔现在跟达菲迪扬站在一起，跟魔鬼妖精站在一起，正是为了实现自己的目标。你说得对，上次我分不清东西南北，他给了我一杯酒。他还在敌人来访问他的时候，给敌人敬上一杯威士忌。但是他得到安拉的帮助，他滴酒未沾，知道绝对必要的原则。"

停了一会儿，他动情地说："殿下手拉手地带着我向安拉悔罪，愿安拉保佑，然后他让我懂得如何为我们的事业效力……"

这时候，老板娘走进了咖啡店。不过，她只在远处走动，整理桌椅。我漫不经心地对优素福说："上次你对我说的事是否已经做出什么决定了？"

优素福在椅子上坐了下来，打了个哈欠，轻蔑地说："没有。我那次说的话没什么意思，因为我那时候迷迷糊糊的。我们应该待在一起，我已经有了此地的国籍，这一点很重要。我可以在这儿放心地为我们的事业效力了……"他又一次扬起手对我说，"她也是教内的人……"

"这话是不是哈米德·埃米尔对你说的？"

优素福没有回答。于是，我站起身对他说："那么，你去问一问埃米尔，如果他说游行示威不会损害我们的事业，你就跟我联系。"

他也站起身对我说："教授，不要责怪我，我不能照你的话去做，我有我的情况。政治的大海……"

"深不可测。优素福,我懂。"

我握着他的手,想离开。但是,走了两步,我又转回去问他道:"优素福,你听着。你是否把我们谈论达菲迪扬的话告诉埃米尔了?"

他仍然带着挑战的语气,眨着眼睛对我说:"我不对埃米尔殿下隐瞒任何事情。"

我想对他说点儿什么。可是,当我看见他的脸色和躲躲闪闪的目光时,我改变了主意。突然,我有点儿担心了。我想起了我的儿子哈立德,哈立德是不是也会变成他这个样子?

在咖啡店门口,老板娘突然轻轻恳求我道:"先生,请你再帮我一次忙。"

"如果我办得到的话……"

"我只要你对优素福说,我不拒绝他离婚,我会放弃一切权利的。"

"老板娘,他不会听我的,我求他也没用……"

老板娘根本不听我的。她继续哀求我,她说:"我可以给他一些补偿,帮助他安排离婚后的生活。我想跟他好合好散。"她的声音颤抖起来,"我很害怕,我现在怕他。"她嘴唇发颤,偷偷地看着优素福。优素福双手叉腰,趾高气扬地站在那边。我对老板娘说:"老板娘,我不说谎。优素福他现在根本不听我的话,你自己想办法吧!"

这次会面后,我去大学找到一位埃及教授,他介绍我认识了一些阿拉伯学生。他们使我找回了在优素福那边失去的热情,答应我联络其他阿拉伯学生和本地的学生一起参加示威游行。

我又跟驻在国的各个阿拉伯使馆进行联系,但是,都被他们婉言谢绝了。他们说他们不能参加游行示威,那样做违背外交条例。我对他们说,不是让他们参加,只是请他们告诉我他们国家在此地的同胞或他们所在的社团的地址。他们说这也不行,不是他们职权范围内的事。

有些使馆对我还产生了怀疑，他们怀疑我搞阴谋、故意设圈套让别的阿拉伯人参与可疑的活动。有一个报社的顾问冷嘲热讽地对我说："埃及为什么关注这次游行示威？埃及已经在戴维营协定上签字了，不是吗？"

我对他说："可是，没有在戴维营签字的人又做了些什么呢？"

于是，我被迫走出了他的办公室。我没有同他争论，也没有同其他人进行争论。我只是想方设法，力求把游行示威搞成功。有一次，我问伯蕾吉蒂，她是否认识城里穆勒尔领导的社团成员，她惊奇地反问我道："什么社团？"我说："就是国际医生人权委员会。"她说："这个委员会就是穆勒尔博士本人，可能委员会里在奥地利有他的一些朋友，如此而已。"我说："那也好。穆勒尔可否给我们某种帮助？他是否知道城里医生的别的什么组织？他是否为这次游行示威帮帮忙？他有一次对我说过，他关心这个城市。这个城市是一个国际的集会场所。"

伯蕾吉蒂摇头断然予以否定。她说："穆勒尔只参加他唱主角的活动。"

星期天上午就是游行示威的日子，阳光明媚，气候温和。

游行示威原定上午十点开始。我提前一个小时步行抵达集合地点，警察在通往集合地点的大街小巷维持秩序。集合地点是一个大广场，游行示威将穿越其他的街道。我走进广场，发现广场上已经聚集了好几百人，还有人不断地从旁边的街道加入进来。广场上的人大部分是年轻人，他们在骑士雕像周围插上了巴勒斯坦的旗子和一些标语牌。标语牌上写着"黎巴嫩的屠杀，够了！""贝京和沙龙是两个杀人犯！""我们大家对夏蒂拉、萨布拉负有责任！""工党谴责屠杀巴勒斯坦！"等等。我看见主席台周围架上了摄像机，摄影的人在照相，警察在四周走动，他们手里拿着联络用的对讲机。

我在广场上见到了我认识的人。阿拉伯学生正在散发一份份传单，其中有一些大屠杀的照片，都是他们自费印刷的。我看见伯尔纳同其他一些记者站在主席台附近。这时，伯蕾吉蒂也来了，跟她一起来的还有一个朋友。我看见优素福激动地向我走来，他说："在这个城市里，我从未见过如此规模的游行示威。我也带了几个朋友来。"

"谢谢你，优素福。你向埃米尔请假了吗？"

他对我的问题避而不答，却指着广场说："你看，那边是谁？"

他指着远处的人行道，那儿站着一些戴着以色列便帽的人。他们也举着一个标语牌，上面写着贝京的话："阿拉伯人屠杀阿拉伯人！他们却指责以色列。"他们人数不到二十人。警察站在他们和游行示威的人群中间。

我对优素福说："不关我们的事。他们搞他们的游行，我们搞我们的游行。"

优素福激动地说："我们应该教训教训他们。"

"教训是明摆着的。你看，优素福，他们寥寥无几，人们自有公断，你不要太神经过敏。可是，你尚未回答我的问题呢？你向埃米尔请假了吗？"

他避开我的眼睛，轻轻地说："我向他请假了，因为殿下不喜欢游行示威。他认为那是浪费时间，无济于事。"

他神情沮丧地说："我来这里不会有事的，埃米尔绝不会知道的。"

"优素福，你真的对游行示威情有独钟？"

他迅速离我而去，原来，伯尔纳走了过来。他问我："优素福说什么了？"

我把刚才的谈话告诉了他。他说："我理解埃米尔。你知道这场游行示威曾经受到多方阻挠。他们找当局说，游行示威很可能失控，不利于治安。"

"他们为什么出面干涉？"

"在你们阿拉伯国家中，也有好些国家禁止游行示威，为什么呢？他们都希望大事化小，小事化了，以掩盖罪责，让人们忘却它，好继续在暗中捣鬼。我理解埃米尔。可是，我不理解优素福这个可怜的年轻人。"

他看着手表说："我不能再待下去了，这儿的事，你以后告诉我吧！"

"好的。可是，为什么你不待到示威结束？"

他又看了看手表说："我要赶回家去，有一个客人中午要离开。"

"时间还早呢！你怎么这么惶惶不安？"

伯尔纳环顾四周，轻声说道："我发表了你欣赏的言论后，出了些怪事……"

"我看过报上他们愤怒地指责你的文章了……"

他无所谓地说："别管这些抗议信！也别理会那些长途电话和匿名信。我无所谓。我关心的是……"

我吃惊地说："什么？那与你何干？"

"我也不清楚，我收到学校的一份警告，他们说有人指控。你知道学校的老师总是远远地监视那些孩子……"

他又机械地看了一眼手表。

我宽慰他说："你别太紧张。我们并没有生活在原始森林里。"

"是的。可是，那些已经失踪了、照片却登在报上的或者挂在邮政局墙上的孩子，究竟是怎么样失踪的？"

"你比我了解得更清楚，很可能是性犯罪而不是政治犯罪？"

"谁能告诉我？"

他讥讽地说："难道你没有注意我要你医生的地址？我提醒你啊，朋友！"

正在这时，响起了麦克风的声音，巴勒斯坦友好协会主席开始讲话。他告诉我们游行队伍将去市政厅、美国使馆,递交集会上一致同意的声明和请愿书。接着他请解放组织代表讲话。

于是,解放组织的代表走上主席台。他身材消瘦,戴着一副高度近视眼镜。我认识他,他是一位政治学博士。他的观点,解放组织不以为然。

他以十分沉静的声调说道:"屠杀我国同胞的历史由来已久,此起彼伏。我现在只谈1948年发生在巴勒斯坦的一次屠杀。那时候,为了不被驱逐出自己的家园,阿拉伯人拼死斗争。以色列人为了将他们赶走,大动干戈。这个村子里的居民并没有参与战斗,他们同时对阿拉伯人和犹太人宣布,他们不参加这一场战争。可是,以色列暴力集团仍然对这些和平居民下了毒手……"

接着,解放组织的代表详细叙述了屠杀的经过,告诉人们以色列人如何把村里三分之二的人通通斩尽杀绝,他们之中有孩子、有老人,怀孕的妇女个个被剖腹杀死。他问道:"这同今天发生在萨布拉的屠杀如出一辙……当年以色列暴力集团的头子是谁?就是今天以色列总理贝京……不同的是那时没有电视,没有电视转播,没有以色列人指挥的长枪党。现在,你们大家都看清楚了这一次的大屠杀。你们大家都看清楚了犯下滔天罪行的人,他们仍在故技重演……他们的目的只有一个:消灭巴勒斯坦人,把他们从地球上的每一个角落消灭干净。面对这场屠杀,全世界应该怎么办?倘若你们对过去的大屠杀见所未见、闻所未闻,那么,今天发生的大屠杀,你们都已经目睹了!"

解放组织代表发言之后,当地居民代表走上主席台。他是一位教授、地方议员。我很了解他。多年以来,他发表了很多文章,多本专著,揭露西方和西方的大公司对第三世界的剥削。他常说的一句话就是:穷国为富国的福利支付了高额的费用。他用大量的数据和统计材料,证实了这一点。每本书出版后,西方大公司都起诉他。我常常在我的邮箱中收到传单，坚持要求我不再选举这位"叛逆"为议员。他谈到游行示威时，也引证了大量的数据。他说："自从以色列驻伦敦大使遭枪击以来，已经有两万人被杀，五万人受伤。"他说这件事时，提起他小时候看过的美国电影。电影中一小撮美国人屠杀了大批印第安人。几百人、上千人死于非命，好像他们都不是人，都犯了弥天大罪。其实，他们仅仅是维护自己的生命。当美国"主人公"受伤后，电影中出现了慢镜头，响起了哀乐，好像世界的末日来到了。时至今日，每当他想起自己曾经为印第安人被杀欢笑过，他就觉得羞耻。遗憾的是他长大以后读了书，才明白美国的白人怎样消灭了有着久远历史的印第安人。他们在美洲刚刚被发现时，代表着世界五分之一的人口。

这位议员愤怒地结束了他的讲话。他问道："我们过去在电影里看到的一切，正是现在正在发生的事情。美国把阿拉伯人送给以色列，让他们扮演印第安人的角色……以色列杀死了几千阿拉伯人。这些人在以色列人眼中算什么？不过是几个数字。可是一个以色列人被杀，就成了一场大灾难。这就是恐怖主义……"

沉默片刻后，他接着说道："这是对人性的侮辱，这是对和平的侮辱。我们只能这样形容以色列连续不断的屠杀。这是血的洪灾。"

这时，响起了口号声："以色列该死！打倒美国！"

我一听声音，无需看这个人的面孔，就知道他是优素福。接着又有两三个人跟着他喊口号。但是，解放组织的代表却抢过麦克风说："不要喊口号！我希望你们不要喊口号。我们要遵守游行示威的规定。"

接着，各政党、工会和群众团体的代表纷纷发言。突然，优素福又喊了起来，周围的人愤怒地制止了他。我想过去让他安静下来，但是，有人正在麦克风前说话，吸引了人们的注意力。他是个老头，个子很高，头发斑白、稀疏，但是声音铿锵有力，跟他的外表和年龄颇不相称。

他第一句话就说："我是记者，是美籍犹太人。我是大屠杀发生之后第一个进入难民营的人。我拍了很多照片,记录下了仍在死亡线上挣扎的人们的呻吟。当时我的所见所闻难以启齿。你们知之甚多,我不多说了,我只说下面的一点:你们都听说了,长枪党人和基督教民兵犯下了这些罪行。可是,我要告诉你们,策划和安排这次大屠杀的正是以色列。我从头至尾都参加了,现在向你们提供证据。"他说,"以色列星期三占领了贝鲁特西区,几乎没有遇到任何抵抗。游击队员撤离后,难民营无人保卫。以色列用坦克、大炮四面包围。从星期四早晨开始,炮轰难民营的房屋,难民营里伤亡惨重。从难民营里走出一个打着白旗的代表团,他们想对以色列说:难民营投降,无人会反抗,以色列人任何时候都可以进去。但是,以色列人却把他们一个不留地全部杀死了……"他强调说,"这些人都是六十岁以上的老人。那时候,任何人都不能出入难民营。星期四晚上,他们放进去一些雇佣兵,其中有些是长枪党或者别的什么人。他们统统都是职业杀手。只要给钱,什么都干。他们的武器,他们的服装,从头到脚全部是以色列的。他们整队整队地开进难民营,杀人、强奸、鞭打、行刑,无所不用其极。连续三天,以色列人不断地给他们补充弹药。他们还从高处的建筑物上用望远镜观察,直到他们确信屠杀已经完成。夜晚,他们对贝鲁特全城断水断电。但是,他们却发射照明弹,把难民营照亮。后来,以色列人又送去挖土机,让他们用来推倒房屋,掩埋死者,包括伤员在内……"

他神情激愤,停了片刻才接着说:"我过去在别的集中营曾经看见过群葬的大墓地,以色列军队用挖土机推倒难民营中的房屋,挖大坑埋葬死者。我听侥幸活命的人说:'推土机把人的尸体和房屋残骸一起铲起来时,其中还有受伤的人在大声呼救。'但是,他们被活埋了。今天在夏蒂拉和萨布拉难民营发生的事跟别的难民营的遭遇毫无差别。"这时,他提高嗓门说:"可是,你们是否问过自己一个为什么吗?

你们都知道,'尸体'这个字眼说起来很容易。你们都知道,那些进行大屠杀或者下令进行大屠杀的人,他们把被杀的人都弄得面目全非了。他们用匕首和斧头毁人的面容,对死者扒皮、抽筋、割去男人的生殖器、女人的乳房,并且砍断其手指和手臂,还故意把残骸断臂留在死者身边,这是为什么?过去,纳粹分子还千方百计地想要掩盖自己的罪行,但是,今天以色列却要大肆宣扬这种暴行,为什么?"

这时候,从人行道上传出一声吼叫:"别说了!别说了!叛徒!"

台上的人仍然沉着地说:"我要告诉你们,他们故意扔下这些尸体,是有意制造恐怖。以色列想告诉阿拉伯人,他们能够为所欲为,你们只能投降,不能反抗。"接着,他沉默了,不再说话,把目光投向人行道。他说,"我说了这些,他们说我是叛徒,因为我是犹太人,我说出了真相。我要对他们说:我的父亲就是在奥斯维辛集中营中被希特勒杀害的。可是,当我看到夏蒂拉和萨布拉集中营发生的惨案,我就知道,他已经死了两次,因为死在这两座集中营里的人,也是六百万。"

人行道上那个声音又一次传过来,声音里充满嘲讽的语气:"叛徒!骗子!"

可是,他继续说道:"现在,我要把一个红十字会的人在难民营的所见所闻转告你们。他对我说,我们已经在难民营挖了一个大坑,深三十英尺,宽和长各一百五十英尺。我亲眼见过这个大坑。可是它的深度还是不够,因为我看到埋在里面的尸体从覆盖在上面的石灰层露了出来。那个人说,他们在那个坑里埋了三千具尸体。这些尸体不包括铲土机埋掉的那些,也不包括死于以色列对难民营开始狂轰滥炸时死去的人,也不包括被他们赶出难民营后被杀在难民营外的人……你们算一算有多少个一千……有多少个一万……它们占了这些难民营总人口的百分之几?"

这时候他朝着发出叫喊声那边大声地说:"如果你说出了真相,

你就不是背叛。但是，如果你说不出来，那你就是背叛。"

那边的角落里传出疯狂的吼叫。但是，这只是打破广场上死一般沉寂的唯一的不协调的叫声。

巴勒斯坦友好协会会长走近麦克风，宣讲集会将要向市政厅提出的几点要求。解放组织的代表靠近他的身边，轻声地说了点儿什么，他答道："下面还有最后一个发言。"

解放组织代表抓住麦克风，说道："我再补充两点：以色列除了要达到恐吓的目的之外，还有另一个目的，这个目的贝京说出来了。他说：这是阿拉伯人自相屠杀，他们进行如此野蛮的屠杀，他们如此滥杀无辜。以色列想再次证明他们的行动无可非议。仅仅驱逐这些人是远远不够的，必须将它们斩尽杀绝。我们现在都知道策划并进行这场屠杀的人并非什么异教徒，而是以色列人。难道自称他已经进行干预、阻止屠杀的以色列为自己辩护的话还不足以引起你们大家的注意吗？以色列说，他们没有抓捕过一个人。可是，你们刚才已经知道，杀人的人，不是几个人，而至少是一千五百人。那么，这些人在哪里？你们大家，还有我都知道，答案就是武装他们的人、雇佣他们的人、使用他们的人，把他们保护起来。我们决不让他们逃之夭夭。所以，我们第一条要求就是调查他们的罪行，惩办杀人凶手。只要做到这一条，真相就会大白于天下。"

参加游行示威的人一致同意这项倡议，接着游行示威的队伍开始行动。友好协会主席走在队伍的最前面，用扩音器呼喊口号，大家跟着喊："贝京……沙龙……两个杀人凶手！"

警察在游行队伍周围，乘汽车尾随在队伍的左右。示威的队伍缓慢地通过没有行人和车辆的街道。人行道上有人在一旁观看，有人打听游行示威的原因。我听见一个女人轻蔑地说："他们都是阿拉伯人。"另一个女人说："我开始以为他们都是阿拉伯人。但是，你看，也有一些其他的人。"

我们的队伍走到一个咖啡店旁边,店门前的人行道上摆了许多椅子。那些在阳光下喝咖啡的顾客,看着游行示威的队伍默默无声。突然,我看见一个人冲出游行队列,他又喊又叫,抓住一个穿白袍的阿拉伯人的胸口,还把一杯啤酒泼在那人的白袍上。

那个人正是优素福,我赶紧跑过去阻止他。

穿白袍的那个男人惊恐万分地跳起来。优素福仍然抓住那人不放,骂他,大声问他:"你为什么喝啤酒?为什么?烈士们的鲜血尚未干。"

那人满脸恐惧,左顾右看。他喊道:"来人呢,来人呢!"这时,他拍拍优素福的肩膀说:"兄弟,你了不起!了不起!我们完了,完了!再见,阿拉伯的英雄!"

可是他甩不开紧紧抓住他袍子的优素福。我跑到他俩跟前,有两个警察早已把优素福的两只手臂抓住了,扭到身后。

这时,从咖啡店里跑出一个年轻人来,他边跑边喊:"出什么事了?"

这是一个长着埃及人面容的年轻人,他身体很强健。

那个穿着白袍子的人对他说:"赶快结账,我们马上走。"

警察不慌不忙地对他说:"刚才的事,我们都看见了。这个人侵犯了你,你有权起诉他。我们是证人。"

那人看着警察,却听不懂他们在说什么。就转过头问他身边的那个年轻人:"警察在说什么?"

年轻人把警察说的话翻译给他听,他举起双手好像是对警察表示谢意。他对那年轻人说:"告诉他们,我不起诉。我是一个宽宏大量的人。我不起诉,他们不必介意。我们走吧!"

警察听了这话,不高兴地说:"不起诉也应该跟我们走。他是证人。那个侵犯了他的人有罪,理应受到处罚。"

听了警察的话,那个人吓了一跳。他从口袋里拿出一本红皮护照,生气地说:"你对警察说,他管不着我的事。我有外交豁免权。我不起诉,也不会去做证。我们马上离开这个地方。"

警察接过护照,仔细翻看着,然后把他递给那人,转脸对优素福大声斥责道:"还不赶快谢谢这位埃米尔殿下!他不起诉你!"

优素福听了这话,愣在那里,脑子里一片空白,一句话也说不出来。

两个警察走后,年轻人对埃米尔说:"殿下,我要不要教训教训这家伙?"

埃米尔在他背上用力推了他一把,说:"走吧!走吧……这儿没事了。你走吧!"

埃米尔抖了抖自己的长袍,疾步走开了。

围观的群众渐渐散开了,他们中许多人就是参加示威游行的人。

那边不断传来示威者的口号声:"贝京……沙龙……两个杀人犯!"

这时,优素福看见我站在他面前,他眼里已经满眼的泪水。我平静地对他说:"优素福,没事的。埃米尔不会跟你过不去的。"

听了我的话,他才好像大梦初醒,双眼盯着我看了一会儿,把我拉到他的身边,伏在我的耳边悄声说:"你听着!你赶快离开这个城市。埃米尔不会放过你的,他什么都干得出来!"

"你说什么?"

"我什么也没说!"

优素福撇下我,就急忙地走开了。于是,我跑步向前追赶游行队伍去了。

游行示威结束以后,我和伯蕾吉蒂并肩在街道上走着,谁也不想说话。

游行时的激情和不安之后,我觉得心灰意懒,非常无聊。

我们信步走近周末休息日人头攒动的广场公园。只见在公园的入口处,一群人正围在画在地上的棋盘四周看人下棋,关注着棋盘上马和炮的动向,品味着两个执棋手的一步步较量。这时,一个奇怪的念头在我脑中闪过,我突然想起了哈立德。倘若此时我和他就在此地对弈,这么多围观的人,一定会使他异常高兴。但是,我又马上否定了这种想法:不会,他不会高兴的!我写给他的信,也不知道他是否已经收到?下次打长途电话时,我得问问他。也不知那是否有所裨益?他会变成优素福那样的人吗?我还能做些什么呢?

我们在公园的一条长凳上坐下来。我对她说:"你能来参加示威游行,我可真没想到。我知道你对这些事的看法。我也没想到,你还跟着喊口号,还居然坚持到了最后一刻,因为许多人走到中途就离开了呢。"

她肯定累了,有气无力的答道:"是啊。我觉得,在咖啡店门口的争吵是毫无意义的,那人肯定是有意来破坏游行示威的。他一开始就乱喊口号,有意制造混乱。你认识他?"

我没有说话。我也已经开始意识到优素福和他带来的人,就是想破坏这次活动。于是,我有意换了个话题。我心里明白,优素福不是一个坏人。

伯蕾吉蒂把头靠在我肩上。我伸出手把她搂近,听到她轻轻地说了声:"谢谢你。"

我注视着她的脸。她在微笑,眼中仍然有一种犹豫不决的神情。她接着说道:"我知道你的感觉。我们在旁人眼里形同一对情侣,这让你觉得不好意思,是吗?可是,我今天需要你……"

她仿佛想起了什么事,说道:"我的意见仍是以前的看法:谁受折磨,谁就一个人去承受;谁想死,谁就一个人去死。我们的游行也救不了在贝鲁特死去的任何人……你猜我今天看见谁了?彼得罗·伊巴尼兹!"

"他怎么了?"

她困惑地答道："我也想弄明白,可他却假装不认识我。我还真担心他干的那些非法的事会毁了他。看起来,他现在的情况很糟。为什么穆勒尔不放他走,去加拿大、奥地利或者回国?"

"他出什么事啦?"我问。

这时,一个小女孩儿向我们走来,大约四五岁的模样,穿着红裙子,小心翼翼地问道："请问,几点了?"

伯蕾吉蒂指着自己的手腕,说："对不起,我没戴手表。"

小女孩儿转过脸,望着我。我急忙看了一下表,说："两点一刻。"

小女孩儿听了,转身刚要走开,伯蕾吉蒂一边打开手提包,一边问道："你为什么要问时间呢?"

小女孩儿站住了,回答道："我答应妈妈两点半就回家去。"

"那好,还有时间。好孩子,遵守诺言,我要送你一件小礼物。拿着,这是钱。回家以前,买个你喜欢的小玩意吧!"

她给了小女孩儿一个硬币,还起身吻了吻小女孩儿的小脸。小女孩儿接过硬币,高高兴兴地回到她的小伙伴那儿去了。

望着小女孩儿的背影,伯蕾吉蒂又转过身来看看身旁的几棵大树。那两棵大树高高的,红色的树叶在阳光的照耀下色彩斑斓,分外醒目。周围的树也已经换上了秋装,树叶大都变黄了。双眼凝望着树梢,伯蕾吉蒂咯咯地笑了起来,她忽然说："我喜欢高大的情人。"

我了解她,她惯于突然转移话题。不用问我就知道,她要讲别的事了。

她有点儿迟疑地说："我不知道为什么他们常常是亚洲人,不!也有其他种族的人,不过人数不多。"

她又沉默了,神情恍惚。我问她："伯蕾吉蒂,他们是谁呀?"

她甩了甩头,似乎清醒过来了,说道："什么?你说什么?"

"你刚才说的,高大的情人是谁?"

她有点儿带傻气地大笑道:"啊!他们吗? 我以前跟你说过吗? 他们出现在很多旅行团里。我带着他们来过这个地方,对他们讲,这两棵树是从美洲弄来的。我告诉他们这两棵树的历史,告诉他们,这种树经历了多次的试验后,才能在这里成活。每当此时,他们就会问我,这两棵树有多高,还特认真地把我说的话往手里的本子上记,他们甚至还写下了大教堂塔的高度。这些人对高的物体很感兴趣,一见到这样高的物体,总要问个究竟,好像他们受命记录下世界上一切高大的事物似的。你知道为什么吗?"

她大睁着眼睛,故作神奇,好像给我出了个哑谜。我笑了笑,回答说:"不知道。可你为什么喜欢他们呢? 日本人跟其他国家的人不一样,一年四季都有人来这个地方。"

她重复着我刚说的话:"是的,他们一年四季都来。"突然,她站起身,匆匆说道:"我们走吧! 我有点儿饿了,你家里有吃的吗?"

"冰箱里有!"

"那我们走吧! 今天,我给你做一顿午餐。"

我们上楼以前,我去查看了一下邮箱,里面堆满了信件,却没有报纸,居然也没有广告。那堆信件中有一封从开罗寄来的,信封很小,好像是税务局的催账单。

难道过了这么多年,税务局的人还记得我?

伯蕾吉蒂径直走进了厨房去准备午餐。我打开了开罗的来信,读了起来,读了好几遍,好像还是没看懂。

那张信纸粗糙发黄,上面盖满了印章,还有很多签名。理事会主席下面,写着某某先生根据某某某先生的指示,由董事会通过决定,必须压缩开支,现决定撤销驻某市的某某记者之职,本决定自理事会主席签字之日起生效执行。

"不对!"

我把这信上的内容告诉伯蕾吉蒂，她凄凉地笑了笑，说："这就对了！"

"什么对了，一定是搞错了！你以为开罗的消息比我的会更好？"

她摇了摇头，说："不……我并不知道开罗的什么消息，但我却知道这边的。"

我迷惑不解，问道："什么这边的消息，你知道什么？跟这封信有什么关系呢？"

她走近我，说："几天以前，公司经理告诉我说，他不能让我继续在公司里工作了，因为警察要查工作许可证。他还劝我不要再在城里找别的工作，在哪儿去工作都需要有工作许可证。因为我们是朋友，他才告诉我真相，给我提出最后忠告。"

"这是为什么？"她一手扶着我的肩膀，一手指着打开的那封信，对我嚷道："你自己想想吧！"

随后，她把脸贴在我的肩膀上，轻声细语地说："这是埃米尔殿下的天下，你无论做什么都无济于事！"

理解这些并不困难，我竭力消除任何怀疑，试图联系报社的主编，因为他就是理事会主席，可是总也联系不上他。我明白他在故意回避我，虽然我们后来联系上了，他的语气听上去充满了歉意。他曾反复说过："我手里没有……我发誓！"可他却拒绝说明到底谁手里有权。他曾说，他会尽最大努力为我延长一个月的逗留时间，让我继续接受治疗。

我知道，在这个城市里，我待不了一个月了。

伯蕾吉蒂也准备离开这儿，她已经决定返回奥地利，还想在确定下一份工作之前，先跟她父亲居住一段时间。

一切都已经结束了，手头上也已经无事可做了。这一天，也将很快到来。我担心这一天的到来，可是它却比我原先预期的更快地到来了。

我努力排除恐惧和不安，想象着这个结局将会怎样。伯蕾吉蒂会离开你，找一个年轻人，她自己的同胞，跟她一样喜欢跳舞，跟她一样喜欢爬山、溜冰，还跟她一样喜欢聊天。你将会在某一天醒来后，在桌子上发现她留下的一封告别信，或者干脆起身时发现她已经不辞而别了。这时候，你会真的倒下去吗？而且，身上的血管已经老化，人也不中用了。你已经病入膏肓了。

这一天到来时，你会不会失望地大声喊叫？爱已经凋零，厌倦和反复使它失去了原有的光泽。你最恐惧的不就是伯蕾吉蒂会从你的生活中永远的消失吗？记得吗，她有一次曾亲口对你说过这样一句话：一切的一切并不意味着世界末日。但是，却有一支箭突然从天而降，把你同她一分为二。

仙人掌干枯之后留下的芒刺，仍然能够扎进老人的皮肉。它不生也不死。你伸手过去就能让死去的枝叶再生，还长出新的枝芽，并且开花结果。啊！那支箭劈下来，枝丫会全部折断，剩下的是赤裸裸的仙人掌和芒刺。

为了在黑暗中能够洞察一切，你注目凝视着黑暗。

就这样，它与突然攻击你的种种意念斗争着。它孤独的奋斗，任你有没有耐心都一样地斗争着。你能做什么呢？

她在那边，伯蕾吉蒂在那边。她现在仍然喜欢你，她过去爱过你。当你抓住她的双手时，你感觉到她的双手在颤抖，跟你第一次抓住她的手时一样的颤抖。她的双眼依然含情脉脉，一如既往，而你也仍然有一颗孩子般的爱心。当你拥抱她时，年轮的愧疚感和忧虑会离你而去，你沉醉在情爱之中，努力吧！抓住爱的绳索翱翔天穹，抓住它！别让它消逝，对她说，让我们到另外的城市去生活吧！离开这儿，远远地离开这个地方。那时她会对你说，她已厌倦逃避。对她说，我们结婚吧！那时，她会对你说，我们的身影到处都在，无论我们走到哪儿都会追逐我们。我们能做的就是我们现在充分享受现有的时间。随便吧，你想说什么就说什么。仙人掌会回来的，吸足了水的沙子，会在你们脚下变成坚硬的石块。在黑暗中做好准备，寻找解决问题的方法，让白天来临时使它四处离散。跪下，痛苦吧！哀求吧！使尽浑身解数，最后的一夜即将来临。

你们俩终于在一天的午后待在了一起。她第一次进入你的家，就是在午后。当时，窗帘挡住了户外的光亮，屋里漆黑一片。屋里空空荡荡，空无一物。你们俩躺在地上互相拥抱着，沉默不语，心灰意懒。最后一次爱的高潮过去了，片刻之后她对你说："明天你可以不来，我自己走。"

"我知道，我会来的。"

"你是否知道今天谁来向我告别？"

"公司经理。"

"不是的。经理这个人是温和的，也很慷慨，他把我屋里值得买的东西都买走了。"

"那么，它是来向你告别的。"

"它是早上来的，它从阳台进来的，屋里早已空无一物，只有你现在看到的东西：一张小餐桌和两条板凳。"

"伯蕾吉蒂，谁从阳台进来？"

"它进来后就叽里咕噜地叫，向我问早安。它盯着这个屋子。它的两只翅膀在空旷的屋子里发出的回声使它自己惊奇。它在屋里飞呀飞呀。我一动不动站在阳台旁边，不打扰它。最后，它落在餐桌上，静静地看着我，然后就叽里咕噜地叫了两声。我明白了，它向我告别。我说，我感谢它。它用眼睛扫视一下整个房间，抬起一只瘦腿搔了搔头，好像在寻找什么东西。它对我说，什么也没找到。于是，它在屋里又飞了一圈，然后冲向窗外。它的一只翅膀碰了我一下，就出去了。你的朋友易卜拉欣死了吗？"

突然，我呼喊着，撑着手臂站了起来："没有，没有！你为什么问我这个问题？"

她仍然双眼凝视着我的脸，一动不动地说："我在问你呢？这就是一切的一切。我不是魔术师，也不是算命先生。我第一次见他时，就在他的双眼里看到了死亡。他曾经吸引了我，也曾经使我害怕。为了赶走他，我有一次喝了很多酒，并且失去了知觉。他的魅力使我得救。但是，他还是摆脱了我。你知道我们之间的事，对吗？"

"是的。我知道。但是，你说这些干吗？我若对此一无所知，我会难受的。"

"我对你说了，我不是算命先生。我也对他一无所知。"

"你喜欢过他，对吗？"

"没有。他那时想的是整个世界。"

她伸手把我拉过去，再次躺在她身边。她说："你是我爱过的人。我喜欢你的沉默，也喜欢你的唠叨。我还喜欢你所说过的一切。"

她靠拢我，紧紧地贴在我身边，用手指抚摩着我的脸。她说："我喜欢我跟你在一起变成了另外的一个人。我喜欢看见你忘记了年纪，变成了我的人。而我赢得了年纪，成了你的人。我们合二为一，失去的不是欢乐，而是忧伤和苦痛。一个整体看着自己渐渐消亡，可是一旦找到了你，就找到了自己，而且日益长大。"

"于是，当你梳平了我的头发时，我就完全向你投降了。"

现在她又一次正在消亡之中了。

我失望地低声咕哝道："一定会有办法的。"

她跟我咕哝道："一定会有办法的。"

于是，她抚摩着我的嘴唇说："别再问我……"

接着，她坐起身来，用手臂搂着我，俯身对着我的脸。她的秀发像一顶帐篷盖住我。她的身体醇香使我陶醉,她张开双臂,像两只翅膀围绕着我。我们一起飞翔,一起飞翔,最后一次飞翔。

次日中午,为了陪伴她去机场,我乘车去到她家,她正在家门口等着我。她身穿雨衣,头戴黑帽,长长的头发披在肩后。我把箱子搬进车后座时,又看见那张小餐桌和两个小板凳,仍然堆在家门口。

汽车发动后,她说:"时间还早,我不想在候机室里等候很长时间,我们再遛遛吧!"

"你想去哪儿?"

"随便哪儿,我喜欢这座小城市。我曾对自己说,我会忘掉这个世界,而这个世界也会忘掉我。"

但是,她迅速改变了主意,她说:"不,不必如此了。我不想在这种阴霾的气氛中又去看它!在乌云密布的气氛中,这座城市是极其忧伤的城市。"

"那边,在通向机场的路上,有一片美丽的森林。如果你愿意,我们去那儿待一会儿。"

"不,在一切都将结束之际,我们最好不去那儿。"

"随你的便吧!"

她沉默了,我再也无话可说。我已经不再是我了。我像她一样,也在消失。不仅欢乐离开我,悲伤和痛苦也已经离开了我。

伯蕾吉蒂靠着车的靠背对我说:"朋友,平和和安宁在哪儿?"

我无意识地说道:"当我们在睡梦中时。"

她突然坐直身子,喊了一声:"你说得好!"

"我说什么了?"

"当我们在睡梦中时。你不是问我有什么办法吗?这就是一个办法,你回答得正好。睡觉,我们可以消除心灵的疲惫和身体的万般不幸。那时你全身心的追求带来的劳累都会消失,这不正是你日思夜想的事吗？"

"是的。"

"那是完完全全的宁静。你既然说出来了，就不要再犹豫。朋友，即使没有这事，实际上谁也承受不了这个世界了。谁还能承受王公贵族狂妄自大的人们的傲慢？谁还能承受被人遗弃的爱的痛苦、漫长的等待，以及不再存在的公正、野蛮前面的惨败？还有形形色色的自私和暴虐，这个世界，谁还能承受？你说得好！"突然，她扯开身上的安全带，喘息着说："是的，是的，我们睡觉，我们死去。完全用不着使用匕首。你同意我的看法吗？"她伸出手，整个身子倒在我身边，把方向盘转向高坡的边缘。我惊呼一声："不！不！伯蕾吉蒂！不是现在。不要这样，不！"

她完全被说服了："为什么不？为什么！朋友，你还留恋狗屎样的这个世界？你还想要什么？"

她用脚狠踩我的脚。我却用肩膀、身体使劲把她推开。这时，车已到了大路边缘。我使劲推下手刹车，才把车停住。汽车吱吱地停住了，车身猛烈地震动着。

我俯身在方向盘上，喘息着。我听见她气喘吁吁地说：

"你看你！你还没准备好！"

伯蕾吉蒂拒绝我送她，她在机场大楼前，拿出自己的行李包，并且希望我不要跟她进机场。她说："我讨厌告别的场面。"她突然在我脸上吻了一下，这是一个朋友对另一个朋友告别前的吻别。然后，她疾步走进机场的玻璃大门。我想仔细再看一下她的身影，可是，她已经消失在我的视线之外。机场大楼前杂乱的喇叭声，催促我开车让路。

她走了，一切都结束了。

在我开车回来的路上，还有一件事我应该在这个世界上把它做完，真正做到一了百了。我通过一条长长的大桥，到了河的对岸。这个地方我很少来，也对其知之甚少。我开车登上山路，那地方街道横七竖八，纵横交错，看起来都很相似。停车后，我拿出地图，寻找我要找的地方。

周围没有一个人。这是一个人迹罕至之处，只有高高的宫墙，里面露出青葱翠绿的圆锥形杉树的树梢。

这时，天空出现了一团乌云，天色暗淡下来。

我走下车，记下了街道的街名。然后，带着地图，开始寻找。

我沿路朝山坡走去。我渐渐开始喘气，步子也越来越慢。我觉得很累了，便坐在路边放倒的树上。从那儿我可以俯视河岸边的城市。但是浓雾挡住了我的视线，城里的房屋变成灰蒙蒙互不相连的影子。这时候，我突然想起一段时间来常在我脑海里翻腾着的一句话：时间总在流逝，后来者会明白我们为什么自找麻烦；他们会忘却我们的面容、我们的声音，但是他们绝不会忘记我们的遭遇和磨难。契诃夫说过一句更漂亮的话，他说到幸福，可是，他的话会使我们想起一个人真实的一生吗？我的女儿哈纳蒂会想起我吗？我们遭受的磨难会产生幸福、会出现奇迹吗？

休息了一会儿，我站起身，继续往上走。

前面有写着街名的路牌、别墅和宫殿的门牌号，可是上面没有主人的姓名。花草树木的香味，使我陶醉。其实，没有花草的香味，我也已经陶醉了。连续爬坡带来的劳累，使我头晕目眩。按照地图的指示，我找的就是这个地方……

伯蕾吉蒂说过，那是一座很大的宫殿。可是，我只能看见高高的围墙、铁门和铁门后的树梢。门前有一条笔直的走道。但是，这条道一转弯，就消失在铁门后边了。

我看不清这座宫殿，只看见铁门旁边也有一块牌子。牌子上的字很大，可是我两眼昏花，加上弥漫的浓雾，认不清那些字。走近一看，牌子上没有主人的姓名，上面写着"注意恶狗伤人"。牌子下面有门铃。我按了一下门铃，里边传出来扩音器的声音。这声音低沉，有印度人的腔调。

"谁啊？"

"我……我要面见哈米德·埃米尔。"

"约好了吗？"

我迟疑片刻，接着说："是的。"

"请稍等。"

等了很久，传出女秘书的声音："你是否肯定跟殿下有约会？"

"他对我说过，他的家就是我的家，我可以随时来找他。"

"请稍等。"

过了很长一段时间，没有传来她的声音。后来，又传来那个印度人的声音：

"埃米尔殿下说他没有这个约会，他今天不想见任何人。"

"告诉他有件重要的事，我要告诉他。这件事关系殿下本人。"

这一次沉默了许久后，才传来女秘书的声音。她好像在读一张字条，声音单调，没有变化："殿下重申他今天不会见任何人。殿下不愿听你说任何事。他说你打扰了他，他不见打扰他的人。殿下问你，你的朋友已经离开了，你为什么不立刻离开此地？"

"请你对他说，我……"

对讲机的声音断了。狗大叫起来，像狼嚎一样，而且渐渐地靠近大门。接着，一群长腿白狗开始用脚扑打铁门，瞪着血红的眼睛，龇牙咧嘴对我狂叫。我赶紧离开大门，但是群狗的咆哮声越来越厉害。附近的狗叫声也此起彼伏，整个地区的狗都叫起来了。它们要驱赶我这个陌生人。在群狗狂吠声中，我只好原路返回。

这就是事情的经过。一片狗叫声。你的账无法同埃米尔了结，无法同这群狗了结。看门人回答我的话,我明白。可是,群狗的狂吠我不明白。你跟这个世界的账无法了结。一切都结束了。你和伯蕾吉蒂,你和易卜拉欣,你和优素福,你和孩子,你和麦娜,一切都结束了。那么,你现在等待什么?你为什么不顺从伯蕾吉蒂,当断则断,你们永远地远远地离开这个世界,离开埃米尔,离开你不能阻止的战争和你不能阻止的流血?你为什么没有这样的勇气?你为什么没有这样的勇气?为什么没有做好准备?

街道弯弯曲曲,时而往上,时而往下,我又一次迷路了。我翻开地图凑近双眼,然而除了弯弯曲曲的线条和黑点,什么也看不清楚。

大雾像是一块幕布,掩盖了一切。大雾变成了露水般的细雨,宫殿和树木在阵阵雾雨中移动。

我只能走下坡路。我忘记了地图,忘记了汽车。我沿着通向河边的路往下走,最后走到河岸边的一个小花园里。花园已经荒无人迹。我坐下来喘气,眼前的河流像是一条铅色的静静的走廊。城市在灰蒙蒙的雨中发抖……

突然,传来一个声音,打破了沉静,一个影子蒙着一件外套坐到我的身边,用颤抖的声音问道:"你要……"

"是的,我要。"

"你要什么?"

"我要弄明白五十多年来竭力想弄明白的事,从小就想弄明白,孩子长成了大人,大人又已经死去,可是,毫无结果。一百年也不够!"

"你要五十,还是要一百?赶快走……警察……"

外国口音说的话清楚了,断断续续的话语也清楚了。我知道这个声音,我从前就听过这个声音。

"快走!"

"摩洛哥的烟草,阿富汗的烟草。要五十,还是要一百?……快走!

警察。快走，跟我来。"

我转过脸去，却没有看见他。他的脸，摇摇晃晃，我看见一张麻脸，帽檐下边有一双浓眉。我用微弱的声音说：

"你是彼德罗？"

但是，他真的是彼德罗吗？

我还没说完这个名字，他就站起身跑开了，然后消失得无影无踪。

我呼喊起来，然而我的声音极其微弱："等一等！等一等！"

他回来了。他缓慢地走回来了。当时，我已经从椅子上跌倒下来。我想躺下来。我睁开眼睛一看，他不是彼德罗。他是一名警察，也一脸麻子。这些麻子涌动起来，变黄了，消失了。

远处传来一个声音："先生，你还好吗？"

我并不累，倒在平静的大海里，柔和的海浪托着我的脊背。远处的笛声很甜美。

我心里说："难道这就是结局？多么美好的结局？"那个声音又从远处传了过来。

"先生！"声音越来越小，笛声越来越高。

海浪把我送往远方。

海浪慢慢地涌动着，轻轻地摇动着我的身体……

悲切的笛声伴随着我走向和平，走向宁静。

图书在版编目（CIP）数据

爱在流放地/（埃及）巴哈·塔希尔著；向培科译.
-- 北京：华文出版社，2018.4
ISBN 978-7-5075-4882-2

Ⅰ.①爱… Ⅱ.①巴… ②向… Ⅲ.①长篇小说 - 埃及 - 现代 Ⅳ.①I411.45

中国版本图书馆CIP数据核字（2018）第048492号

爱在流放地

作　　者：〔埃及〕巴哈·塔希尔
译　　者：向培科
策　　划：杨　平
责任编辑：杨　宁　郭俊萍
特邀编辑：余菊芳
出版发行：华文出版社
社　　址：北京市西城区广外大街305号8区2号楼
邮政编码：100055
网　　址：http://www.hwcbs.com.cn
电子信箱：silkroadlibrary@qq.com
电　　话：总编室 010-58336239　　发行部 010-58336270
　　　　　责任编辑 010-58336258
经　　销：新华书店
印　　刷：北京画中画印刷有限公司
开　　本：710×1000　1/16
印　　张：13.75
字　　数：140千字
版　　次：2018年5月第1版
印　　次：2018年5月第1次印刷
标准书号：ISBN 978-7-5075-4882-2
定　　价：38.00元

版权所有，侵权必究